Jean de La Fontaine

Fables choisies

Édition présentée, établie et annotée
par Jean-Pierre Chauveau
Texte établi par Jean-Pierre Collinet

Gallimard

INTRODUCTION

Fables choisies, mises en vers par M. de La Fontaine : c'est sous ce titre modeste que sont apparues pour la première fois, le 31 mars 1668, ce que nous appelons aujourd'hui les Fables de La Fontaine. Plus exactement, ce qui constitue, pour nous aujourd'hui, les six premiers livres — le «premier recueil» — des Fables, qui en comptent douze. Car, une dizaine d'années plus tard, en deux livraisons cette fois (le 3 mai 1678 et le 15 juin 1679), c'est exactement sous le même titre que paraissent les cinq livres suivants (actuellement, VII à XI : le «deuxième recueil»), et une dernière fois encore, le 1er septembre 1693, le dernier livre (l'actuel livre XII).

M. DE LA FONTAINE :
QUI EST LA FONTAINE ?

En 1668 — Louis XIV a alors juste trente ans —, Jean de La Fontaine n'a rien d'un débutant : quarante-sept ans (puisqu'il est né, à Château-Thierry, la onzième année du règne de Louis XIII, soit en 1621, un an avant

*Molière, deux ans avant Pascal, cinq ans avant Mme de
Sévigné). Fils d'un maître des eaux et forêts — ce qui le
situe, à l'époque, dans la bonne bourgeoisie, cette bourgeoisie qui essayait, avec plus ou moins de succès, d'acquérir des titres de noblesse —, il a pris, sans hâte, mais
le moment venu (1652), la suite de son père dans les
eaux et forêts. Mais de bonnes études classiques ont
contribué à fortifier surtout en lui le goût de la lecture et
de la poésie. Et comme déjà en ce temps-là, Paris est la
capitale littéraire, c'est à Paris qu'il s'habitue à vivre le
plus souvent, dès 1642, Paris où il peut fréquenter à loisir les cercles littéraires, et les salons qui leur servent de
relais. Et c'est d'ailleurs ainsi que, vers 1657, il attire
l'attention d'un personnage riche et puissant, ami des
belles-lettres et des arts, qui le prend sous sa protection : Nicolas Foucquet, surintendant des finances
(quelque chose comme le ministre de l'Économie et des
Finances de l'époque). Il en profite pour parfaire sa
culture et concevoir ses premiers essais littéraires : des
petits poèmes de circonstance, dans le goût mondain du
temps, et, plus ambitieuses, des œuvres qui relèvent de
ce qu'on appelle les « grands genres », ceux que, depuis
l'époque de la Renaissance, on s'efforce de pratiquer à
l'imitation de la littérature antique, grecque et latine, et
qui sont le mieux à même de consacrer la réputation
d'un homme de lettres : le théâtre (il s'est essayé à une
traduction et une adaptation d'une comédie du Latin
Térence :* L'Eunuque*) et la poésie « héroïque » (il a
écrit un poème mythologique,* Adonis,* qu'il destinait*

à Foucquet, de même qu'un ouvrage mi-poétique, mi-romanesque, jamais terminé, Le Songe de Vaux, *Vaux où Foucquet s'était fait construire une somptueuse demeure*).

Mais en 1661, la roue de la fortune tourne brusquement : le jeune Louis XIV prend ombrage du prestige et de la richesse de son ministre, et le fait arrêter et condamner. Coup très dur pour La Fontaine, fort attaché à son protecteur, et donc suspect aux yeux d'un roi qui retardera jusqu'en 1684 son entrée à l'Académie française (à soixante-trois ans !). Au reste, le poète ne l'aime guère : il ne lui pardonnera jamais sa cruauté envers Foucquet, et il n'apprécie ni son penchant au despotisme, ni son goût immodéré de la guerre. Pas facile, dans ces conditions, et sans la faveur royale, de se faire reconnaître et distinguer : il y réussira, cependant, non pas en se dressant contre le pouvoir (ce qui n'a guère de sens dans la France monarchique d'alors), mais en se situant en marge de son influence et du système de pensions qu'il a institué, et, plus généralement, en marge de la cour. Si ses tentatives du côté du théâtre ou de la poésie épique, les « grands » genres, les genres officiels, ne sont pas concluantes, il a des fidèles et des lecteurs convaincus dans des cercles privés, où lettrés et érudits côtoient les gens du monde. Ce sont eux qui ont fait le succès des deux recueils de Contes et Nouvelles en vers qu'il a publiés en 1665 et 1666. Et voici que, deux ans plus tard, les Fables choisies mises en vers prennent le relais.

FABLES CHOISIES : POURQUOI DES FABLES ?

Les Contes, *qui puisaient dans une matière conven-*
tionnelle, celle héritée des histoires «gauloises» du
Moyen Âge et de la Renaissance, ne pouvaient sur-
prendre le public mondain, lettré et «averti», qui était
celui de La Fontaine. Mais pourquoi diable celui-ci
allait-il maintenant puiser à une tout autre source, celle
des «fables» ou, comme on disait aussi, des «apo-
logues»? Car la précision: fables «choisies» signifie
bien que La Fontaine n'est nullement l'inventeur de
ses sujets; il a repris à son compte, et après beaucoup
d'autres, une matière préexistante, de petites histoires,
souvent animalières, ancrées dans une tradition multi-
séculaire, patronnée par le mythique Ésope, esclave en
Asie Mineure au VIᵉ siècle avant Jésus-Christ, venue
en tout cas d'un plus ou moins lointain Orient.

Qu'est-ce en effet qu'une «fable»? Un petit récit ou
conte, en prose ou en vers, destiné à illustrer un pro-
verbe ou une formule moralisante, d'une morale pra-
tique et souvent terre à terre. Quelquefois même, le texte
se réduit à une brève formule, placée sous une image
— l'image est plus accessible qu'un texte à de jeunes
enfants —, avec laquelle il constitue un «emblème».
Que les maîtres d'école de tous les temps aient aimé
s'en servir pour apprendre à lire et à réfléchir à leurs
élèves, on le comprend; mais un poète comme La Fon-
taine, que prétendait-il en faire?

*À première vue, il semble jouer sincèrement et hum-
blement le jeu habituel. En 1668, La Fontaine dédie son
recueil à un enfant : certes un enfant peu ordinaire puisqu'il s'agit du duc de Bourgogne, c'est-à-dire le fils
aîné de Louis XIV, son «dauphin»! Mais tout de même
un enfant de sept ans; et si, en 1678-1679, le «deuxième
recueil» est dédié à une grande dame, la favorite du roi,
Mme de Montespan, en 1693, soit vingt-cinq ans après
le premier essai, il récidivera, en dédiant son livre XII
à un autre duc de Bourgogne, le fils aîné du précédent,
un enfant de douze ans. Et il ne cesse d'insister, par
exemple dans sa* Préface *— quitte à s'entourer de références aussi intimidantes que le philosophe Socrate, ou
Jésus, qui dans le récit des Évangiles, se sert de «paraboles» qui ressemblent à des fables —, sur l'utilité et les
vertus pédagogiques de la fable. D'autre part, chaque
fable est précédée d'une «vignette», en l'occurrence
une gravure, destinée à parler aux yeux, avant que les
mots ne prennent le relais.*

Prenons un exemple au hasard dans le fablier : Le
Lièvre et la Tortue *(livre VI, fable x). Dans l'édition ori-
ginale de 1668, on trouve d'abord, sous le numéro de la
fable, en haut de la page, une image, où — ô paradoxe,
quand on sait que la tortue est célèbre pour sa lenteur,
et le lièvre pour sa rapidité à la course! — l'on voit
représentée une tortue qui, touchant au but, va être cou-
ronnée par un arbitre (un singe juché sur une pierre?),
tandis qu'un lièvre, avec ses grandes pattes, s'évertue,
visiblement en vain, à rattraper sa concurrente. Para-*

*doxe, disions-nous, et qui prête d'emblée à réflexion.
Juste au-dessous de l'image, le titre, et puis ce vers qui
énonce le précepte moral, la « moralité », que l'observa-
teur est induit à tirer de la contemplation de l'image :*

Rien ne sert de courir ; il faut partir à point.

*Tout est dit, et on pourrait à la rigueur poser le livre,
quitte à laisser au maître le soin de commenter, ou de
poser quelques questions à ses élèves pour vérifier
qu'ils ont compris la leçon. Mais naturellement, La Fontaine ne l'entend pas ainsi ; car, une fois énoncée la formule morale, il prend personnellement la parole, et c'est
tant mieux : place, en effet, au conte en vers, qui va nous
entraîner, nous lecteurs, dans une merveilleuse histoire,
si fraîche, si vivante, si haletante, que nous nous iden-
tifions aisément et successivement aux deux personnages de l'histoire dont nous partageons les états d'âme
et l'expérience qu'ils sont en train de vivre, au lièvre
étourdi et fantasque et finalement beau joueur dans
l'échec, comme à la tortue tenace, méthodique et modestement fière dans la victoire. Peu importe alors si nous
n'avons pas prêté grande attention, au début, à la formule moralisante : « Rien ne sert », etc. Dans d'autres
fables, la « moralité », la formule abstraite peut être
rejetée à la fin du récit (un exemple, parmi beaucoup
d'autres :* L'Hirondelle et les Petits Oiseaux, *I, VIII) ; il
arrive aussi (exemple :* Le Corbeau et le Renard, *I, III)
que l'un des personnages, dans le corps du récit, tire*

lui-même la leçon. Il y a enfin les fables qui ne contiennent aucune moralité explicite (à commencer par la première de toutes, I, 1, La Cigale et la Fourmi), où nous sommes invités, somme toute, à réagir librement et personnellement. Mais peu importe, en définitive, car c'est le récit lui-même, et non un discours abstrait ou une formule qui nous serait soufflée, qui nous touche et qui nous convainc. Cela, c'est le miracle de la poésie : La Fontaine n'est pas un professeur de morale, mais un poète. Et c'est par là qu'on voit qu'une fable de La Fontaine ne ressemble guère à l'apologue traditionnel, même si elle s'inspire directement d'un modèle ésopique ou oriental.

LA FABLE ET LA TRADITION ALLÉGORIQUE

En revanche, c'est dans une autre tradition, longue, riche et plus générale qu'il s'inscrit : la tradition du récit « allégorique ». C'est ce qu'il explique lui-même dans l'ouverture, au ton quasi solennel, du livre VI des Fables *:*

Les Fables ne sont pas ce qu'elles semblent être.
Le plus simple Animal nous y tient lieu de Maître ;
Une Morale nue apporte de l'ennui :
Le Conte fait passer le précepte avec lui.
En ces sortes de feintes, il faut instruire et plaire,
Et conter pour conter me semble peu d'affaire...

« *Le plus simple Animal nous y tient lieu de Maître* » : à
ce propos, nous pouvons nous demander pourquoi nous
nous intéressons à ces histoires d'animaux, si fréquentes
dans les fables, mais qui sont aussi, ne l'oublions pas, la
substance d'un des textes les plus séduisants en même
temps que les plus chargés de sens que nous ait laissés
le Moyen Âge : Le Roman de Renart. *Certes, petits ou*
grands, jeunes ou moins jeunes, nous prenons plaisir à
regarder les animaux, nous aimons nos animaux domes-
tiques, nous sommes curieux de tous les autres. Mais,
au-delà, nous nous plaisons spontanément à leur prêter
des sentiments, des émotions qui ressemblent aux nôtres.
Nous aimons à nous plonger alors dans un monde pro-
prement merveilleux, qui nous arrache — provisoire-
ment, le temps d'un retour fécond sur nous-mêmes —
au temps vécu. Comme dans tous les récits merveilleux
— récits mythologiques, contes de fées, contes fantas-
tiques, etc. — les frontières s'abolissent entre les espèces,
tous les êtres de la création se rencontrent et commu-
niquent, partagent les mêmes inquiétudes, les mêmes
souffrances, les mêmes joies. La formule bien connue :
« *Il était une fois...* » *ne rencontre chez nous aucune*
résistance pour nous ouvrir le domaine de la féerie.
De même, lorsque La Fontaine écrit, par exemple, au
début de telles de ses fables : « *Du temps que les bêtes*
parlaient... » *(IV, 1), ou :* « *Le Chêne un jour dit au*
Roseau... » *(I, XXII), aucun de nous n'est tenté de contes-*
ter l'existence de ce « *temps* » *pourtant improbable, ou*

*de douter de la réalité de ce « dire » hypothétique ; car
nous ne demandons qu'à nous laisser prendre au jeu,
impatients de découvrir ce que le poète, qui nous prend
par la main et nous sert de guide et de compagnon (il est
rare, vérifiez-le, que le poète ne nous interpelle pas au
cours de son récit), va nous donner à « voir » et à « comprendre ».*

*La fable animalière constitue, de ce fait, une forme,
parmi d'autres, d'allégorie. L'allégorie, c'est une repré-
sentation — animalière, mythologique, ou, plus généralement, fictive — que nous plaçons devant nous, mais
pour mieux revenir à nous-mêmes : comme s'il était utile,
indispensable même, de faire un détour dans l'imagi-
naire pour mieux cerner la vérité. À ce sujet, écoutons
encore La Fontaine, cette fois dans le prologue de la
première fable du livre IX, nous parlant des vertus du
mensonge, pris au sens de fiction :*

> [...] qui mentirait
> Comme Ésope, et comme Homère,
> Un vrai menteur ne serait.
> Le vrai charme de maint songe
> Par leur bel art inventé,
> Sous les habits du mensonge
> Nous offre la vérité.

*En vrai poète, La Fontaine sait parfaitement — qu'on
lise aussi, ci-dessous dans le Dossier, la merveilleuse
fable (VIII, IV), qui est une réflexion sur son art, intitulée*

à juste titre Le Pouvoir des Fables — *le pouvoir de
la fiction qui, investissant d'abord l'imagination et les
sens, libère ensuite l'intelligence et nous aide, nous lecteurs, à poser sur le monde un regard renouvelé, plus
lucide, plus serein. Car le monde de la fable ressemble
étrangement au nôtre, mais, par la magie de la poésie,
nous y circulons en toute liberté et nous le comprenons
de l'intérieur ; il nous est transparent, au lieu de nous
être opaque, il nous parle, au lieu d'être désespérément
silencieux et énigmatique. C'est l'expression d'une libé-
ration bénéfique, et qui rend heureux, que nous trouvons
dans cet aveu de La Fontaine placé en tête du livre II :*

> Cependant jusqu'ici d'un langage nouveau
> J'ai fait parler le Loup, et répondre l'Agneau.
> J'ai passé plus avant ; les Arbres et les Plantes
> Sont devenus chez moi créatures parlantes :
> Qui ne prendrait cela pour un enchantement ?

DES FABLES *MISES EN VERS*

Un langage nouveau : *ce langage nouveau, c'est celui
que, fidèle à la tradition allégorique, La Fontaine prête
à toutes les créatures, loup, cheval, pigeon, chêne, vent,
etc., tous éléments éloquents d'un univers plein de signes
que nous sommes appelés à capter et à décrypter. Mais
ce qui, chez La Fontaine, donne à ce langage un pouvoir
inépuisable de séduction et d'attraction, c'est l'usage*

*d'un vers fluide, bondissant, aérien, qui nous éloigne heureusement des lourdeurs et des automatismes du langage ordinaire, et nous fait entendre, comme le requiert le poète lui-même dans l'*Épilogue *des fables de 1678-1679 (voir ci-dessous, dans le Dossier) la « langue des Dieux ». L'expérience est facile à faire : il suffit de mettre en parallèle (le Dossier, dans son Annexe I, permet de le vérifier, sur deux exemples choisis au hasard :* La Cigale et la Fourmi, *I, I, et* L'Hirondelle et les Petits Oiseaux, *I, VIII) une fable de La Fontaine et sa source ésopique (qui a été transmise, au cours des âges, en prose latine, puis française) pour sentir l'abîme qui sépare un petit récit sec, sans grâce et comme pressé d'arriver à sa lourde conclusion morale, et un poème qui ravit l'esprit et l'oreille (surtout si nous prenons le soin, indispensable, de le lire à haute voix, mieux encore, de le réciter après l'avoir appris par cœur, seul moyen de l'« écouter »), et qui fait sens à lui tout seul, par le charme qu'il exerce sur toutes nos facultés.*

Au début de sa Préface, *La Fontaine explique qu'on lui a conseillé d'écrire ses fables en prose : la fable, dans ce cas, intéresserait, non par le récit lui-même, trop connu pour qu'on s'y attarde, mais par le commentaire plus ou moins éloquent, plus ou moins original, que le moraliste lui adjoindrait. On sait que La Fontaine tient le pari inverse : ce n'est pas par les commentaires, greffés sur le récit, si ingénieux ou éloquents soient-ils, qu'on redonnera vie et pouvoir de séduction à une matière rabâchée et trop connue, mais c'est par la transfiguration poétique qu'on opérera sur cette matière réputée ingrate. Le vers donne des couleurs et des ailes à la pensée, il confère une grâce qui séduit.*

Au reste, le vers de La Fontaine se reconnaît entre tous. À son époque — au temps de Louis XIII et de Louis XIV —, on aimait la pompe, la majesté, et les voyantes symétries. Ainsi, en poésie, dominaient encore très généralement l'usage du grand vers aux accents réguliers (le vers de douze syllabes, l'alexandrin, et sa césure à l'hémistiche, c'est-à-dire en son milieu : 12 = 6 + 6, voire 12 = (3 + 3) + (3 + 3)), et les systèmes de strophes rigides et balancées (voir, par exemple, les Odes *de Malherbe). La Fontaine, lui, à l'instar des poètes de salon qui l'avaient précédé et qui avaient cherché à répondre à l'attente d'un public un peu lassé par l'éternel retour des mêmes rythmes et des mêmes cadences, sut pratiquer avec prédilection ce qu'on appelle les vers « irréguliers ». L'irrégularité tient à l'agencement de « mètres » (c'est-à-dire de vers définis par le nombre de syllabes qu'ils renferment) différents (vers de douze, de dix, de huit, de six syllabes qui se mélangent), et à la souplesse de l'agencement des rimes. La rime étant constituée par le retour d'une même sonorité en fin de vers, il suffit d'observer avec quelle absence de rigueur La Fontaine provoque ce retour : il évite ainsi toute monotonie et tient l'oreille du lecteur toujours en éveil.*

Mais ces considérations techniques, intéressantes pour qui cherche à analyser les raisons de l'attrait que les vers du fabuliste exercent sur lui, ne doivent pas nous faire oublier l'essentiel. Oublions-les donc, au moins pour le moment, et laissons-nous prendre au charme d'une voix fraternelle, celle d'un conteur qui nous apprend à voir et à écouter. Lisons donc, écoutons *avec* attention *les vers de La Fontaine ; ils nous pénètrent et nous invitent à sortir de notre torpeur, à nous mettre en mouvement ; ils nous entraînent dans une danse, qui est fête de l'esprit et du cœur.*

JEAN-PIERRE CHAUVEAU

NOTE SUR CETTE ÉDITION

Cette édition est un choix de fables (un peu plus de soixante-quinze pièces sur les quelque deux cent soixante que compte le fablier intégral) et, comme tout choix, celui-ci a sa part d'arbitraire : tâche particulièrement difficile et assez frustrante de choisir parmi des fables dont aucune ne laisse indifférent ! Pour cette anthologie, nous avons privilégié les fables animalières, les plus directement abordables (le fablier, dans son intégralité, présente un équilibre un peu différent). Pour cette raison, le premier recueil (1668) nous a retenu davantage que le second (1678-1679) ; mais aussi pour d'autres raisons, qui paraîtront évidentes à ceux qui connaissent bien les *Fables* : dans le second recueil, La Fontaine fait la part plus belle à des développements philosophiques et moraux, parfois longs, et souvent plus difficiles à aborder sans une préparation appropriée ; quant au douzième livre, il contient des pièces, généralement très longues, et qui ne ressortissent que de loin à l'esthétique de l'apologue, c'est pourquoi nous l'avons relativement peu sollicité.

Notre choix respecte l'ordre des douze livres canoniques, et, à l'intérieur de chaque livre, l'ordre de succession des fables, elles-mêmes affectées du numéro qu'elles portent à l'intérieur du livre dans sa composition originelle. L'annotation, placée en bas de page, donne les explications de vocabulaire, les références mythologiques, les sources, et parfois une amorce de commentaire.

Quant à l'établissement du texte, nous avons repris, à quelques menues retouches près, le texte excellemment établi par Jean-Pierre Collinet pour l'édition intégrale en « Folio classique ». Texte soigneusement, mais discrètement, « modernisé » quant à la graphie et à la ponctuation, mais respectant le mieux possible, eu égard à l'usage actuel, l'emploi, un peu surprenant pour nous, des majuscules.

L'anthologie de fables est suivie d'un Dossier. Outre une Chronologie et une Bibliographie succincte, il contient surtout, assortis de brefs commentaires, des textes, en vers ou en prose, toujours admirables quant à la pensée et à la formulation, où La Fontaine s'explique lui-même sur ses intentions. Occasion, du reste, d'ajouter à l'anthologie deux fables supplémentaires (parmi lesquelles le merveilleux *Pouvoir des Fables*, dont la dédicace introductive est le modèle insurpassé du genre), et l'émouvante signature que constitue l'*Épilogue* du second recueil.

Fables choisies

LIVRE PREMIER

FABLE I

La Cigale et la Fourmi

La Cigale, ayant chanté
     Tout l'Été,
Se trouva fort dépourvue
Quand la Bise fut venue.
Pas un seul petit morceau   5
De mouche ou de vermisseau.
Elle alla crier famine
Chez la Fourmi sa voisine,
La priant de lui prêter
Quelque grain pour subsister   10
Jusqu'à la saison nouvelle.
«Je vous paierai, lui dit-elle,
Avant l'Août[1], foi d'animal,
Intérêt et principal[2].»
La Fourmi n'est pas prêteuse :   15
C'est là son moindre défaut[3].
«Que faisiez-vous au temps chaud ?

1. Août est le mois des récoltes.
2. Capital.
3. Comprendre : prêter c'est le défaut qu'elle a le moins ; elle a peut-être des défauts, mais pas celui-là.

Dit-elle à cette emprunteuse.
— Nuit et jour à tout venant
20 Je chantais, ne vous déplaise.
— Vous chantiez ? j'en suis fort aise :
Eh bien ! dansez maintenant[1]. »

FABLE II

Le Corbeau et le Renard

Maître Corbeau, sur un arbre perché,
Tenait en son bec un fromage.
Maître Renard, par l'odeur alléché,
Lui tint à peu près ce langage :
5   « Et bonjour, Monsieur du Corbeau.
Que vous êtes joli ! que vous me semblez beau !
Sans mentir, si votre ramage
Se rapporte à votre plumage,
Vous êtes le Phénix des hôtes de ces Bois. »
10 À ces mots le Corbeau ne se sent pas de joie :
Et pour montrer sa belle voix,
Il ouvre un large bec, laisse tomber sa proie.

1. Source : Ésope. Voir ci-dessous, p. 172, le texte d'Ésope. On remarquera que La Fontaine n'oppose pas la cigale à tout un groupe social, celui des fourmis, mais fait s'affronter deux personnes bien typées ; et surtout qu'il s'est bien gardé de prendre la parole pour énoncer une « moralité ». — On s'intéressera enfin à la versification du poème : une pièce toute en vers de sept syllabes à l'exception, significative et expressive, du vers 2.

Le Renard s'en saisit, et dit : « Mon bon Monsieur,
    Apprenez que tout flatteur
  Vit aux dépens de celui qui l'écoute.
Cette leçon vaut bien un fromage sans doute. »   15
    Le Corbeau honteux et confus
Jura, mais un peu tard, qu'on ne l'y prendrait plus[1].

FABLE III

La Grenouille qui se veut faire
aussi grosse que le Bœuf

  Une Grenouille vit un Bœuf
  Qui lui sembla de belle taille.
Elle qui n'était pas grosse en tout comme un œuf,
Envieuse s'étend, et s'enfle, et se travaille
  Pour égaler l'animal en grosseur,   5
  Disant : « Regardez bien, ma sœur,
Est-ce assez ? dites-moi : n'y suis-je point encore ?
— Nenni[2]. — M'y voici donc ? — Point du tout.
                    [— M'y voilà ?
— Vous n'en approchez point. » La chétive pécore[3]

---

  1. Sources : Ésope et Phèdre.
  2. *Nenni* : on prononçait nanni. Les dictionnaires ne s'accordent pas sur la valeur exacte de *nenni* : négation renforcée, ou, au contraire, forme atténuée de la négation ?
  3. *Pécore* : animal, bête (du latin *pecus*) ; mais déjà au XVIIe siècle, le mot a une connotation péjorative.

10   S'enfla si bien qu'elle creva.
Le monde est plein de gens qui ne sont pas plus sages :
Tout Bourgeois veut bâtir comme les grands Seigneurs,
     Tout petit Prince a des Ambassadeurs,
     Tout Marquis veut avoir des Pages[1].

FABLE IV

Les Deux Mulets

Deux Mulets cheminaient ; l'un d'avoine chargé ;
     L'autre portant l'argent de la Gabelle[2].
Celui-ci, glorieux d'une charge si belle,
N'eût voulu pour beaucoup en être soulagé.
5   Il marchait d'un pas relevé,
          Et faisait sonner sa sonnette ;
          Quand, l'ennemi se présentant,
          Comme il en voulait à l'argent,
Sur le Mulet du fisc une troupe se jette,
10   Le saisit au frein[3], et l'arrête.
          Le Mulet en se défendant
Se sent percer de coups : il gémit, il soupire.
« Est-ce donc là, dit-il, ce qu'on m'avait promis ?

1. Source : Phèdre. Mais La Fontaine s'est probablement souvenu d'Horace (*Satires*, II, 3), qui se sert de l'histoire de la grenouille pour dénoncer l'ambition.

2. Impôt sur le sel, le plus impopulaire sous l'Ancien Régime.

3. Sens premier du mot : partie de la bride qu'on passe dans la bouche des chevaux pour les gouverner.

Ce Mulet qui me suit du danger se retire ;
  Et moi j'y tombe, et je péris.   15
   — Ami, lui dit son camarade,
Il n'est pas toujours bon d'avoir un haut emploi :
Si tu n'avais servi qu'un Meunier, comme moi,
  Tu ne serais pas si malade[1]. »

FABLE V

Le Loup et le Chien

  Un Loup n'avait que les os et la peau ;
  Tant les Chiens faisaient bonne garde.
Ce Loup rencontre un Dogue aussi puissant que beau,
Gras, poli, qui s'était fourvoyé par mégarde.
    L'attaquer, le mettre en quartiers,   5
    Sire Loup l'eût fait volontiers.
   Mais il fallait livrer bataille ;
    Et le Mâtin[2] était de taille
    À se défendre hardiment.
   Le Loup donc l'aborde humblement,   10
Entre en propos, et lui fait compliment
   Sur son embonpoint qu'il admire.
    « Il ne tiendra qu'à vous, beau Sire,
D'être aussi gras que moi, lui repartit le Chien.

1. Source : Phèdre.
2. Gros chien de garde ou de ferme.

15   Quittez les bois, vous ferez bien :
          Vos pareils y sont misérables,
          Cancres[1], hères[2], et pauvres diables,
Dont la condition est de mourir de faim.
Car quoi ? Rien d'assuré ; point de franche lippée[3] ;
20   Tout à la pointe de l'épée.
Suivez-moi ; vous aurez un bien meilleur destin. »
      Le Loup reprit : « Que me faudra-t-il faire ?
— Presque rien, dit le Chien ; donner la chasse aux gens
          Portant bâtons, et mendiants ;
25 Flatter ceux du logis, à son Maître complaire ;
          Moyennant quoi votre salaire
Sera force reliefs[4] de toutes les façons :
          Os de poulets, os de pigeons ;
          Sans parler de mainte caresse. »
30 Le Loup déjà se forge une félicité
          Qui le fait pleurer de tendresse.
Chemin faisant il vit le col du Chien pelé :
« Qu'est-ce là ? lui dit-il. — Rien. — Quoi ? rien ?
                      [— Peu de chose.
— Mais encor ? — Le collier dont je suis attaché
35 De ce que vous voyez est peut-être la cause.
— Attaché ? dit le Loup ; vous ne courez donc pas
       Où vous voulez ? — Pas toujours, mais qu'importe ?
— Il importe si bien, que de tous vos repas

1. Homme sans fortune ni crédit.
2. Homme sans réputation.
3. Bon repas.
4. Beaucoup de nourriture ; les *reliefs* sont des restes de repas.

Je ne veux en aucune sorte,
Et ne voudrais pas même à ce prix un trésor.»   40
Cela dit, maître Loup s'enfuit, et court encor[1].

FABLE VI

La Génisse, la Chèvre et la Brebis, en société avec le Lion

La Génisse, la Chèvre, et leur sœur la Brebis,
Avec un fier Lion, Seigneur du voisinage,
Firent société, dit-on, au temps jadis,
Et mirent en commun le gain et le dommage.
Dans les lacs[2] de la Chèvre un Cerf se trouva pris ;   5
Vers ses associés aussitôt elle envoie.
Eux venus, le Lion par ses ongles compta,
Et dit : «Nous sommes quatre à partager la proie» ;
Puis en autant de parts le Cerf il dépeça ;
Prit pour lui la première en qualité de Sire ;   10
«Elle doit être à moi, dit-il, et la raison,
        C'est que je m'appelle Lion :
        À cela l'on n'a rien à dire.
La seconde par droit me doit échoir encor :
Ce droit, vous le savez, c'est le droit du plus fort.   15
Comme le plus vaillant je prétends la troisième.

1. Sources : Ésope, et Phèdre.
2. Pièges.

Si quelqu'une de vous touche à la quatrième,
Je l'étranglerai tout d'abord[1]. »

FABLE VIII

L'Hirondelle et les Petits Oiseaux

Une Hirondelle en ses voyages
Avait beaucoup appris. Quiconque a beaucoup vu
Peut avoir beaucoup retenu.
Celle-ci prévoyait jusqu'aux moindres orages,
5   Et devant qu'ils fussent éclos,
    Les annonçait aux Matelots.
Il arriva qu'au temps que la[2] chanvre se sème,
Elle vit un Manant[3] en couvrir maints sillons.
« Ceci ne me plaît pas, dit-elle aux Oisillons.
10 Je vous plains : car pour moi, dans ce péril extrême,
Je saurai m'éloigner, ou vivre en quelque coin.
Voyez-vous cette main qui par les airs chemine ?
    Un jour viendra, qui n'est pas loin,
Que ce qu'elle répand sera votre ruine[4].
15 De là naîtront engins à vous envelopper,

1. *Tout d'abord* : immédiatement, sur-le-champ. Source : Phèdre.
2. Au XVIIe siècle, le mot *chanvre* est le plus souvent au féminin. Le chanvre sert à faire des cordes et des cordelettes, donc les pièges pour les oiseaux.
3. Paysan.
4. *Ruine*, puisque le chanvre servira à fabriquer des pièges.

Et lacets pour vous attraper ;
Enfin mainte et mainte machine
Qui causera dans la saison
Votre mort ou votre prison ;
Gare la cage ou le chaudron.   20
C'est pourquoi, leur dit l'Hirondelle,
Mangez ce grain, et croyez-moi. »
Les Oiseaux se moquèrent d'elle,
Ils trouvaient aux champs trop de quoi [1].
Quand la chènevière fut verte,   25
L'Hirondelle leur dit : « Arrachez brin à brin
Ce qu'a produit ce maudit grain ;
Ou soyez sûrs de votre perte.
— Prophète de malheur, babillarde, dit-on,
Le bel emploi que tu nous donnes !   30
Il nous faudrait mille personnes
Pour éplucher [2] tout ce canton. »
La chanvre étant tout à fait crue [3],
L'Hirondelle ajouta : « Ceci ne va pas bien ;
Mauvaise graine est tôt venue ;   35
Mais puisque jusqu'ici l'on ne m'a crue en rien,
Dès que vous verrez que la terre
Sera couverte [4], et qu'à leurs blés
Les gens n'étant plus occupés
Feront aux oisillons la guerre ;   40

---

1. *De quoi* se nourrir.
2. Nettoyer en arrachant les mauvaises herbes.
3. *Crue* : participe passé du verbe *croître*.
4. Ensemencée.

Quand reginglettes[1] et réseaux
Attraperont petits oiseaux,
　　Ne volez plus de place en place;
Demeurez au logis, ou changez de climat:
45　Imitez le Canard, la Grue et la Bécasse.
　　　　Mais vous n'êtes pas en état
De passer comme nous les déserts et les ondes,
　　Ni d'aller chercher d'autres mondes;
C'est pourquoi vous n'avez qu'un parti qui soit sûr:
50　C'est de vous renfermer aux trous de quelque mur.»
　　　　Les Oisillons, las de l'entendre,
Se mirent à jaser aussi confusément
Que faisaient les Troyens quand la pauvre Cassandre[2]
　　　　Ouvrait la bouche seulement.
55　　　　Il en prit aux uns comme aux autres:
Maint Oisillon se vit esclave retenu.
Nous n'écoutons d'instincts que ceux qui sont les nôtres,
Et ne croyons le mal que quand il est venu[3].

　　1. Mot dialectal pour désigner un genre de piège à oiseaux.
　　2. Cassandre, douée de divination, prévoyait le désastre de Troie, mais personne ne l'écoutait.
　　3. Source: d'après Ésope. — On comparera le poème de La Fontaine au récit ésopique (voir ci-dessous p. 173) dont il s'est inspiré.

FABLE IX

Le Rat de ville
et le Rat des champs

Autrefois le Rat de ville
Invita le Rat des champs,
D'une façon fort civile,
À des reliefs d'Ortolans[1].

Sur un tapis de Turquie   5
Le couvert se trouva mis :
Je laisse à penser la vie
Que firent ces deux amis.

Le régal fut fort honnête,
Rien ne manquait au festin ;   10
Mais quelqu'un troubla la fête,
Pendant qu'ils étaient en train.

À la porte de la Salle
Ils entendirent du bruit ;
Le Rat de ville détale,   15
Son camarade le suit.

Le bruit cesse, on se retire :
Rats en campagne aussitôt ;

---

1. Des restes d'un repas délicieux et recherché (la chair des ortolans, qui sont de petits oiseaux, est très prisée).

　　　　Et le citadin de dire :
20　　　« Achevons tout notre rôt[1].

　　　　— C'est assez, dit le Rustique ;
　　　　Demain vous viendrez chez moi ;
　　　　Ce n'est pas que je me pique
　　　　De tous vos festins de Roi.

25　　　Mais rien ne vient m'interrompre ;
　　　　Je mange tout à loisir.
　　　　Adieu donc ; fi du plaisir
　　　　Que la crainte peut corrompre[2]. »

FABLE X

Le Loup et l'Agneau

La raison du plus fort est toujours la meilleure ;
　　Nous l'allons montrer tout à l'heure[3].
　　Un Agneau se désaltérait
　　Dans le courant d'une onde pure.
5　Un Loup survient à jeun qui cherchait aventure,

　　1. Rôt et rôti sont de la même racine. Le mot peut désigner l'ensemble du repas.
　　2. Source : Horace, *Satires*, II, 6. — Exceptionnellement, La Fontaine a recours à des strophes régulières : quatrains en vers de sept syllabes à rimes « croisées » (a b a b), sauf le dernier à rimes embrassées (a b b a).
　　3. Tout de suite, sans attendre.

    Et que la faim en ces lieux attirait.
« Qui te rend si hardi de troubler mon breuvage ?
        Dit cet animal plein de rage ;
Tu seras châtié de ta témérité.
— Sire, répond l'Agneau, que votre Majesté   10
        Ne se mette pas en colère ;
        Mais plutôt qu'elle considère
        Que je me vas[1] désaltérant
            Dans le courant,
        Plus de vingt pas au-dessous d'Elle,   15
Et que par conséquent en aucune façon,
        Je ne puis troubler sa boisson.
— Tu la troubles, reprit cette bête cruelle,
Et je sais que de moi tu médis l'an passé.
— Comment l'aurais-je fait, si je n'étais pas né ?   20
        Reprit l'Agneau ; je tette encor ma mère.
    — Si ce n'est toi, c'est donc ton frère.
    — Je n'en ai point. — C'est donc quelqu'un des
                                [tiens :
        Car vous ne m'épargnez guère,
        Vous, vos Bergers, et vos Chiens.   25
On me l'a dit : il faut que je me venge. »
        Là-dessus au fond des forêts
        Le Loup l'emporte, et puis le mange
        Sans autre forme de procès[2].

1. Forme en usage à la cour au XVIIe siècle.
2. Sources : Ésope et Phèdre.

FABLE XVI

La Mort et le Bûcheron

Un pauvre Bûcheron tout couvert de ramée[1],
Sous le faix du fagot aussi bien que des ans
Gémissant et courbé marchait à pas pesants,
Et tâchait de gagner sa chaumine[2] enfumée.
5   Enfin, n'en pouvant plus d'effort et de douleur,
Il met bas son fagot, il songe à son malheur :
Quel plaisir a-t-il eu depuis qu'il est au monde ?
En est-il un plus pauvre en la machine ronde ?
Point de pain quelquefois, et jamais de repos.
10 Sa femme, ses enfants, les soldats, les impôts,
     Le créancier, et la corvée[3]
Lui font d'un malheureux la peinture achevée.
Il appelle la Mort ; elle vient sans tarder,
     Lui demande ce qu'il faut faire.
15   « C'est, dit-il, afin de m'aider
À recharger ce bois ; tu ne tarderas guère. »

     Le trépas vient tout guérir ;
     Mais ne bougeons d'où nous sommes :
     Plutôt souffrir que mourir,
20   C'est la devise des hommes[4].

1. *Ramée* : branches. Le bûcheron porte des branches, et *faix* est synonyme de poids, de fardeau.
2. Chaumière.
3. Travail imposé aux paysans par le seigneur.
4. Source : Ésope.

FABLE XVIII

Le Renard et la Cigogne

Compère le Renard se mit un jour en frais,
Et retint à dîner commère la Cigogne.
Le régal fut petit, et sans beaucoup d'apprêts :
    Le Galant[1] pour toute besogne[2]
Avait un brouet[3] clair (il vivait chichement).   5
Ce brouet fut par lui servi sur une assiette.
La Cigogne au long bec n'en put attraper miette ;
Et le Drôle eut lapé le tout en un moment.
Pour se venger de cette tromperie,
À quelque temps de là, la Cigogne le prie[4] :   10
« Volontiers, lui dit-il, car avec mes amis
    Je ne fais point cérémonie. »
    À l'heure dite il courut au logis
      De la Cigogne son hôtesse ;
      Loua très fort la politesse,   15
      Trouva le dîner cuit à point.
Bon appétit surtout ; Renards n'en manquent point.
Il se réjouissait à l'odeur de la viande
Mise en menus morceaux, et qu'il croyait friande.
    On servit pour l'embarrasser   20

1. Rusé, malin.
2. Résultat du travail.
3. Bouillon, potage clair, bouillie très liquide. C'est le repas des pauvres.
4. L'invite.

En un vase à long col et d'étroite embouchure.
Le bec de la Cigogne y pouvait bien passer,
Mais le museau du Sire était d'autre mesure.
Il lui fallut à jeun retourner au logis,
25 Honteux comme un Renard qu'une Poule aurait pris,
      Serrant la queue, et portant bas l'oreille.
          Trompeurs, c'est pour vous que j'écris :
          Attendez-vous à la pareille[1].

FABLE XXII

Le Chêne et le Roseau

      Le Chêne un jour dit au Roseau :
    «Vous avez bien sujet d'accuser la Nature ;
    Un Roitelet pour vous est un pesant fardeau.
          Le moindre vent qui d'aventure
5   Fait rider la face de l'eau,
          Vous oblige à baisser la tête :
    Cependant que mon front, au Caucase pareil,
    Non content d'arrêter les rayons du Soleil,
          Brave l'effort de la tempête.
10 Tout vous est Aquilon ; tout me semble Zéphir[2].

1. Source : Ésope. — Le renard, dont la ruse assure d'ordinaire le succès, trouve cette fois, en la personne de la cigogne, personne plus rusée et habile que lui. Voir ci-dessous, II, xv, *Le Coq et le Renard*.
2. *Aquilon* : le redoutable vent du nord. *Zéphir* : l'agréable vent du printemps.

Encor si vous naissiez à l'abri du feuillage
    Dont je couvre le voisinage ;
    Vous n'auriez pas tant à souffrir :
    Je vous défendrais de l'orage ;
    Mais vous naissez le plus souvent   15
Sur les humides bords des Royaumes du vent.
La Nature envers vous me semble bien injuste.
— Votre compassion, lui répondit l'Arbuste,
Part d'un bon naturel ; mais quittez ce souci.
    Les vents me sont moins qu'à vous redoutables.   20
Je plie et ne romps pas. Vous avez jusqu'ici
    Contre leurs coups épouvantables
    Résisté sans courber le dos ;
Mais attendons la fin. » Comme il disait ces mots
Du bout de l'horizon accourt avec furie   25
    Le plus terrible des enfants
Que le Nord eût portés jusque-là dans ses flancs.
    L'Arbre tient bon ; le Roseau plie :
    Le vent redouble ses efforts,
    Et fait si bien qu'il déracine   30
Celui de qui la tête au Ciel était voisine,
Et dont les pieds touchaient à l'empire des morts[1].

---

1. Source : Ésope. — Apprécier dans cette fable le jeu des mètres différents (alternance de vers de 12, de 10 et de 8 syllabes) et les effets de grandeur et d'emphase, obtenus avec certains alexandrins (v. 6-7, 10, 16, 31-32).

LIVRE DEUXIÈME

FABLE IV

Les Deux Taureaux et une Grenouille

Deux Taureaux combattaient à qui posséderait
    Une Génisse avec l'empire.
    Une Grenouille en soupirait.
    « Qu'avez-vous ? se mit à lui dire
5   Quelqu'un du peuple croassant[1].
    — Et ne voyez-vous pas, dit-elle,
    Que la fin de cette querelle
Sera l'exil de l'un ; que l'autre le chassant
Le fera renoncer aux campagnes fleuries ?
10 Il ne régnera plus sur l'herbe des prairies,
Viendra dans nos marais régner sur les Roseaux,
Et, nous foulant aux pieds jusques au fond des eaux,
Tantôt l'une, et puis l'autre, il faudra qu'on pâtisse
Du combat qu'a causé Madame la Génisse. »

15   Cette crainte était de bon sens ;
    L'un des Taureaux en leur demeure
    S'alla cacher à leurs dépens :
    Il en écrasait vingt par heure.

---

1. Le poète semble confondre *croasser* (le corbeau) et *coasser* (la grenouille).

Hélas ! on voit que de tout temps
Les petits ont pâti des sottises des grands[1].   20

FABLE IX

Le Lion et le Moucheron

« Va-t'en, chétif Insecte, excrément de la terre. »
    C'est en ces mots que le Lion
    Parlait un jour au Moucheron.
    L'autre lui déclara la guerre.
« Penses-tu, lui dit-il, que ton titre de Roi   5
    Me fasse peur, ni me soucie ?
    Un Bœuf est plus puissant que toi,
    Je le mène à ma fantaisie. »
    À peine il achevait ces mots
    Que lui-même il sonna la charge,   10
    Fut le Trompette[2] et le Héros.
    Dans l'abord il se met au large,
    Puis prend son temps, fond sur le cou
    Du Lion, qu'il rend presque fou.
Le Quadrupède écume, et son œil étincelle ;   15
Il rugit ; on se cache, on tremble à l'environ ;

---

1. Source : Phèdre.
2. *Trompette* : celui qui joue de la trompette pendant une bataille, qui sonne la charge et la victoire.

Et cette alarme universelle
Est l'ouvrage d'un Moucheron.
Un avorton de Mouche en cent lieux le harcelle
20   Tantôt pique l'échine, et tantôt le museau,
Tantôt entre au fond du naseau.
La rage alors se trouve à son faîte montée.
L'invisible ennemi triomphe, et rit de voir
Qu'il n'est griffe ni dent en la Bête irritée
25   Qui de la mettre en sang ne fasse son devoir.
Le malheureux Lion se déchire lui-même,
Fait résonner sa queue à l'entour de ses flancs,
Bat l'air qui n'en peut mais, et sa fureur extrême
Le fatigue, l'abat ; le voilà sur les dents.
30   L'Insecte du combat se retire avec gloire :
Comme il sonna la charge, il sonne la victoire,
Va partout l'annoncer, et rencontre en chemin
L'embuscade d'une Araignée ;
Il y rencontre aussi sa fin.
35   Quelle chose par là nous peut être enseignée ?
J'en vois deux, dont l'une est qu'entre nos ennemis
Les plus à craindre sont souvent les plus petits ;
L'autre, qu'aux grands périls tel a pu se soustraire,
Qui périt pour la moindre affaire[1].

---

1. Source : Ésope. — Noter, au v. 35, la façon faussement nonchalante d'introduire une moralité, comme une proposition parmi d'autres. Mais quel est le plus important ? La moralité, ou le charme du récit ? Cf. le même procédé dans *Le Rat et l'Huître*, VIII, IX.

FABLE XI

Le Lion et le Rat

FABLE XII

La Colombe et la Fourmi

Il faut, autant qu'on peut, obliger[1] tout le monde :
On a souvent besoin d'un plus petit que soi.
De cette vérité deux Fables feront foi,
    Tant la chose en preuves abonde.
    Entre les pattes d'un Lion,   5
Un Rat sortit de terre assez à l'étourdie :
Le Roi des animaux, en cette occasion,
Montra ce qu'il était, et lui donna la vie.
    Ce bienfait ne fut pas perdu.
    Quelqu'un aurait-il jamais cru   10
    Qu'un Lion d'un Rat eût affaire ?
Cependant il avint[2] qu'au sortir des forêts
    Le Lion fut pris dans des rets[3],
Dont ses rugissements ne le purent défaire.
Sire Rat accourut, et fit tant par ses dents   15
Qu'une maille rongée emporta tout l'ouvrage.

1. Être agréable, rendre service.
2. Il arriva. Forme vieillie pour : *advint*.
3. *Rets* : réseaux, filets servant de pièges.

Patience et longueur de temps
Font plus que force ni que rage.

L'autre exemple est tiré d'Animaux plus petits.
20 Le long d'un clair ruisseau buvait une Colombe,
Quand sur l'eau se penchant une Fourmi y tombe ;
Et dans cet Océan l'on eût vu la Fourmi
S'efforcer, mais en vain, de regagner la rive.
La Colombe aussitôt usa de charité ;
25 Un brin d'herbe dans l'eau par elle étant jeté,
Ce fut un promontoire où la Fourmi arrive.
      Elle se sauve ; et là-dessus
Passe un certain Croquant[1] qui marchait les pieds nus.
Ce Croquant par hasard avait une arbalète ;
30   Dès qu'il voit l'Oiseau de Vénus[2],
Il le croit en son pot[3], et déjà lui fait fête.
Tandis qu'à le tuer mon Villageois s'apprête,
      La Fourmi le pique au talon.
      Le Vilain[4] retourne la tête.
35 La Colombe l'entend, part, et tire de long[5].
Le soupé du Croquant avec elle s'envole :
      Point de Pigeon pour une obole[6].

1. Paysan (terme de mépris).
2. Le char de Vénus était tiré par des colombes.
3. On dirait aujourd'hui, familièrement : dans sa gamelle, dans sa marmite.
4. Qui habite la campagne.
5. S'enfuit.
6. Source : Ésope. — Il n'eut pas, en matière de pigeon, la valeur d'une obole, c'est-à-dire il n'en eut pas du tout, l'*obole* étant une pièce de monnaie de faible valeur.

FABLE XIV

Le Lièvre et les Grenouilles

Un Lièvre en son gîte songeait
(Car que faire en un gîte[1], à moins que l'on ne songe?);
Dans un profond ennui[2] ce Lièvre se plongeait :
Cet animal est triste, et la crainte le ronge.
   «Les gens de naturel peureux   5
      Sont, disait-il, bien malheureux :
Ils ne sauraient manger morceau qui leur profite.
Jamais un plaisir pur; toujours assauts divers :
Voilà comme je vis : cette crainte maudite
M'empêche de dormir, sinon les yeux ouverts.   10
Corrigez-vous, dira quelque sage cervelle.
      Et la peur se corrige-t-elle?
      Je crois même qu'en bonne foi
      Les hommes ont peur comme moi.»
      Ainsi raisonnait notre Lièvre,   15
      Et cependant faisait le guet.
      Il était douteux[3], inquiet;
Un souffle, une ombre, un rien, tout lui donnait la fièvre.
      Le mélancolique Animal,
      En rêvant à cette matière,   20

---

1. Lieu où l'animal, étendu au sol, peut se dissimuler et observer. La *tanière* (v. 22) désigne plutôt un domicile fixe.
2. Sens fort au xviie siècle : souffrance, détresse.
3. Craintif, méfiant (sens actif).

Entend un léger bruit : ce lui fut un signal
    Pour s'enfuir devers[1] sa tanière.
Il s'en alla passer sur le bord d'un Étang :
Grenouilles aussitôt de sauter dans les ondes ;
25 Grenouilles de rentrer en leurs grottes profondes.
    « Oh ! dit-il, j'en fais faire autant
    Qu'on m'en fait faire ! ma présence
Effraie aussi les gens ! je mets l'alarme au camp !
    Et d'où me vient cette vaillance ?
30 Comment ! des Animaux qui tremblent devant moi !
    Je suis donc un foudre de guerre ?
Il n'est, je le vois bien, si poltron sur la terre,
Qui ne puisse trouver un plus poltron que soi[2]. »

FABLE XV

Le Coq et le Renard

Sur la branche d'un arbre était en sentinelle
    Un vieux Coq adroit et matois.
« Frère, dit un Renard, adoucissant sa voix,
    Nous ne sommes plus en querelle :
5   Paix générale cette fois.
Je viens te l'annoncer ; descends que je t'embrasse ;

---

1. *Devers* : du côté de, vers.
2. Source : Ésope. — Une de ces fables, où le héros, tirant lui-même la morale de l'histoire, sort plus lucide et plus fort de son aventure.

Ne me retarde point de grâce :
Je dois faire aujourd'hui vingt postes[1] sans manquer.
    Les tiens et toi pouvez vaquer
    Sans nulle crainte à vos affaires :   10
    Nous vous y servirons en frères.
    Faites-en les feux[2] dès ce soir.
    Et cependant viens recevoir
    Le baiser d'amour fraternelle.
— Ami, reprit le Coq, je ne pouvais jamais   15
Apprendre une plus douce et meilleure nouvelle
        Que celle
      De cette paix.
    Et ce m'est une double joie
De la tenir de toi. Je vois deux Lévriers,   20
    Qui, je m'assure, sont courriers
    Que pour ce sujet on envoie.
Ils vont vite, et seront dans un moment à nous.
Je descends ; nous pourrons nous entrebaiser tous.
— Adieu, dit le Renard : ma traite est longue à faire.   25
Nous nous réjouirons du succès de l'affaire
    Une autre fois. » Le Galant aussitôt
    Tire ses grègues[3], gagne au haut[4],
    Mal content de son stratagème ;

---

1. Une *poste*, c'est la mesure du chemin que parcourt une voiture de poste entre deux relais (environ 8 kilomètres).
2. *Faire les feux*, c'est allumer des feux qui expriment la joie publique.
3. Les *grègues*, vieux mot pour désigner la culotte ou les chausses. *Tirer ses grègues*, c'est prendre ses jambes à son cou.
4. S'enfuit.

30   Et notre vieux Coq en soi-même
          Se mit à rire de sa peur ;
   Car c'est double plaisir de tromper le trompeur[1].

FABLE XIX

Le Lion et l'Âne chassant

Le roi des Animaux se mit un jour en tête
     De giboyer. Il célébrait sa fête.
Le gibier du Lion, ce ne sont pas Moineaux,
Mais beaux et bons Sangliers[2], Daims et Cerfs bons et
                                              [beaux.
5   Pour réussir dans cette affaire,
         Il se servit du ministère
         De l'Âne à la voix de Stentor.
L'Âne à Messer[3] Lion fit office de Cor.
Le Lion le posta, le couvrit de ramée,
10 Lui commanda de braire, assuré qu'à ce son
   Les moins intimidés fuiraient de leur maison.
   Leur troupe n'était pas encore accoutumée
         À la tempête de sa voix ;

---

1. Sources : Guillaume Guéroult et le Pogge. — Le renard est vaincu par plus habile que lui. Comparer avec I, XVIII, *Le Renard et la Cigogne*, où le renard, comme ici (v. 27), est appelé, non sans ironie, *galant* (qui veut dire rusé).
2. Ce mot compte pour deux syllabes.
3. Forme italienne pour *messire*.

L'air en retentissait d'un bruit épouvantable :
La frayeur saisissait les hôtes de ces bois.   15
Tous fuyaient, tous tombaient au piège inévitable
    Où les attendait le Lion.
«N'ai-je pas bien servi dans cette occasion ?
Dit l'Âne, en se donnant tout l'honneur de la chasse.
— Oui, reprit le Lion, c'est bravement crié :   20
Si je ne connaissais ta personne et ta race,
    J'en serais moi-même effrayé. »
L'Âne, s'il eût osé, se fût mis en colère,
Encor qu'on le raillât avec juste raison :
Car qui pourrait souffrir un Âne fanfaron ?   25
    Ce n'est pas là leur caractère[1].

LIVRE TROISIÈME

FABLE III

Le Loup devenu Berger

Un Loup qui commençait d'avoir petite part
    Aux Brebis de son voisinage,
Crut qu'il fallait s'aider de la peau du Renard[2]

---

  1. Source : Phèdre.
  2. *S'aider de la peau du renard* : c'est-à-dire user de la ruse, qui est la caractéristique du renard.

Et faire un nouveau personnage.
5   Il s'habille en Berger, endosse un Hoqueton[1],
        Fait sa Houlette d'un bâton,
        Sans oublier la Cornemuse.
        Pour pousser jusqu'au bout la ruse,
Il aurait volontiers écrit sur son chapeau :
10   « C'est moi qui suis Guillot, berger de ce troupeau. »
        Sa personne étant ainsi faite
Et ses pieds de devant posés sur sa Houlette,
Guillot le sycophante* approche doucement.
Guillot, le vrai Guillot, étendu sur l'herbette,
15   Dormait alors profondément.
Son Chien dormait aussi, comme aussi sa Musette.
La plupart des Brebis dormaient pareillement.
        L'Hypocrite[2] les laissa faire,
Et pour pouvoir mener vers son fort les Brebis,
20   Il voulut ajouter la parole aux habits ;
        Chose qu'il croyait nécessaire.
        Mais cela gâta son affaire,
Il ne put du Pasteur contrefaire la voix.
Le ton dont il parla fit retentir les Bois,
25   Et découvrit tout le mystère.
        Chacun se réveille à ce son,
        Les Brebis, le Chien, le Garçon.

* *Sycophante* : « trompeur » (note de La Fontaine).
1. Le *hoqueton* est une sorte de veste sans manches ; la *houlette* (v. 6) est l'instrument typique du berger : un bâton dont une extrémité forme crochet, et l'autre cuiller.
2. Au sens premier, *hypocrite* signifie acteur.

Le pauvre Loup, dans cet esclandre,
Empêché par son Hoqueton,
Ne put ni fuir ni se défendre.   30
Toujours par quelque endroit Fourbes se laissent
                                        [prendre :
Quiconque est Loup agisse en Loup ;
C'est le plus certain de beaucoup[1].

FABLE V

Le Renard et le Bouc

Capitaine Renard allait de compagnie
Avec son ami Bouc des plus haut encornés.
Celui-ci ne voyait pas plus loin que son nez ;
L'autre était passé maître en fait de tromperie.
La soif les obligea de descendre en un puits.   5
    Là chacun d'eux se désaltère.
Après qu'abondamment tous deux en eurent pris,
Le Renard dit au Bouc : « Que ferons-nous, Compère ?
Ce n'est pas tout de boire ; il faut sortir d'ici.
Lève tes pieds en haut, et tes cornes aussi :   10
Mets-les contre le mur : le long de ton échine
    Je grimperai premièrement ;
    Puis sur tes cornes m'élevant,

---

1. Source : Verdizotti.

À l'aide de cette machine[1]
15   De ce lieu-ci je sortirai,
     Après quoi je t'en tirerai.
— Par ma barbe, dit l'autre, il est bon ; et je loue
     Les gens bien sensés comme toi.
     Je n'aurais jamais, quant à moi,
20   Trouvé ce secret, je l'avoue. »
Le Renard sort du puits, laisse son Compagnon,
     Et vous lui fait un beau sermon
     Pour l'exhorter à patience.
« Si le Ciel t'eût, dit-il, donné par excellence
25   Autant de jugement que de barbe au menton,
     Tu n'aurais pas à la légère
Descendu dans ce puits. Or adieu, j'en suis hors ;
Tâche de t'en tirer, et fais tous tes efforts ;
     Car, pour moi, j'ai certaine affaire
30   Qui ne me permet pas d'arrêter en chemin. »
En toute chose il faut considérer la fin[2].

FABLE IX

Le Loup et la Cigogne

Les Loups mangent gloutonnement.
Un Loup donc étant de frairie[3],

1. Moyen, agencement ingénieux.
2. Sources : Ésope et Phèdre.
3. Bonne chère.

Se pressa, dit-on, tellement
Qu'il en pensa perdre la vie.
Un os lui demeura bien avant au gosier.   5
De bonheur pour ce Loup, qui ne pouvait crier,
     Près de là passe une Cigogne ;
        Il lui fait signe, elle accourt.
Voilà l'Opératrice[1] aussitôt en besogne.
Elle retira l'os ; puis pour un si bon tour   10
     Elle demanda son salaire.
     « Votre salaire ? dit le Loup :
     Vous riez, ma bonne Commère.
     Quoi ! ce n'est pas encor beaucoup
D'avoir de mon gosier retiré votre cou ?   15
     Allez, vous êtes une ingrate ;
     Ne tombez jamais sous ma patte[2]. »

FABLE XI

Le Renard et les Raisins

Certain Renard gascon, d'autres disent normand[3],
Mourant presque de faim, vit au haut d'une treille
     Des Raisins mûrs apparemment

---

1. Au féminin, nom, plutôt péjoratif, d'un médecin.
2. Sources : Ésope et Phèdre.
3. Le Gascon avait la réputation d'un fanfaron, le Normand d'un rusé, apte à déguiser sa pensée.

Et couverts d'une peau vermeille.
5   Le Galant[1] en eût fait volontiers un repas ;
Mais comme il n'y pouvait atteindre :
« Ils sont trop verts, dit-il, et bons pour des Goujats[2]. »
Fit-il pas mieux que de se plaindre[3] ?

FABLE XVIII

Le Chat et un vieux Rat

J'ai lu chez un conteur de Fables,
Qu'un second Rodilard[4], l'Alexandre[5] des Chats,
L'Attila[6], le fléau des Rats,
Rendait ces derniers misérables.
5   J'ai lu, dis-je, en certain Auteur,
Que ce Chat exterminateur,

1. Rusé.
2. Valets de soldats.
3. Sources : Ésope et Phèdre. — La brièveté d'une telle fable l'apparente à l'épigramme, genre où la pensée se condense volontiers dans la formule finale, ici le vers 7, qui, à lui seul, résume le récit et livre le caractère principal du renard de la fable : son habileté à donner le change sur ses véritables sentiments.
4. Le nom de Rodilard (en latin : ronge-lard) est emprunté à Rabelais.
5. Alexandre le Grand, conquérant de l'Asie Mineure. La comparaison d'un chat avec un personnage prestigieux de l'histoire ou de la légende relève de ce qu'on appelle le style héroï-comique.
6. Attila, le conquérant barbare, s'était vanté lui-même d'être le « fléau de Dieu ».

Vrai Cerbère[1], était craint une lieue à la ronde :
Il voulait de Souris dépeupler tout le monde.
Les planches qu'on suspend sur un léger appui,
    La mort aux Rats, les Souricières,   10
    N'étaient que jeux au prix de lui.
    Comme il voit que dans leurs tanières
    Les Souris étaient prisonnières,
Qu'elles n'osaient sortir, qu'il avait beau chercher,
Le Galant fait le mort, et du haut d'un plancher   15
Se pend la tête en bas. La Bête scélérate
À de certains cordons se tenait par la patte.
Le peuple des Souris croit que c'est châtiment,
Qu'il a fait un larcin de rôt[2] ou de fromage,
Égratigné quelqu'un, causé quelque dommage,   20
Enfin qu'on a pendu le mauvais Garnement.
    Toutes, dis-je, unanimement
Se promettent de rire à son enterrement,
Mettent le nez à l'air, montrent un peu la tête ;
    Puis rentrent dans leurs nids à rats ;   25
    Puis ressortant font quatre pas ;
    Puis enfin se mettent en quête :
    Mais voici bien une autre fête.
Le pendu ressuscite ; et sur ses pieds tombant
    Attrape les plus paresseuses.   30
« Nous en savons plus d'un, dit-il en les gobant :
C'est tour de vieille guerre ; et vos cavernes creuses

1. Cerbère était le gardien des Enfers dans la mythologie grecque.
C'était un monstre (un chien à trois têtes).
2. Voir I, ix, *Le Rat de ville et le Rat des champs*, v. 20.

Ne vous sauveront pas ; je vous en avertis ;
    Vous viendrez toutes au logis. »
35   Il prophétisait vrai : notre maître Mitis[1],
Pour la seconde fois les trompe et les affine[2],
    Blanchit sa robe, et s'enfarine,
    Et de la sorte déguisé
Se niche et se blottit dans une huche[3] ouverte.
40   Ce fut à lui bien avisé :
La Gent trotte-menu s'en vient chercher sa perte.
Un Rat sans plus s'abstient d'aller flairer autour.
C'était un vieux routier ; il savait plus d'un tour ;
Même il avait perdu sa queue à la bataille.
45 « Ce bloc enfariné ne me dit rien qui vaille,
S'écria-t-il de loin au Général des Chats :
Je soupçonne dessous encor quelque machine[4].
    Rien ne te sert d'être farine ;
Car quand tu serais sac, je n'approcherais pas. »
50 C'était bien dit à lui ; j'approuve sa prudence.
    Il était expérimenté,
    Et savait que la méfiance
    Est mère de la sûreté[5].

---

  1. Surnom donné au chat (en latin, *mitis* signifie doux).
  2. Leur ouvre les yeux en les trompant.
  3. Huche à pain, mais aussi pétrin ou récipient qui reçoit la farine tamisée dans un moulin.
  4. Stratagème, invention, machination. Le mot désigne aussi l'agencement construit pour arriver à ses fins (voir *Le Renard et le Bouc*, III, v, v. 14).
  5. Sources : Ésope et Phèdre.

LIVRE QUATRIÈME

FABLE IV

Le Jardinier et son Seigneur

Un amateur du jardinage,
Demi-Bourgeois, demi-Manant[1],
Possédait en certain Village
Un jardin assez propre, et le clos attenant.
Il avait de plant vif fermé cette étendue. 5
Là croissait à plaisir l'oseille et la laitue,
De quoi faire à Margot pour sa fête un bouquet ;
Peu de jasmin d'Espagne, et force serpolet.
Cette félicité par un Lièvre troublée
Fit qu'au Seigneur du Bourg notre homme se plaignit. 10
«Ce maudit Animal vient prendre sa goulée[2]
Soir et matin, dit-il, et des pièges se rit.
Les pierres, les bâtons y perdent leur crédit.
Il est sorcier, je crois. — Sorcier, je l'en défie,
Repartit le Seigneur. Fût-il diable, Miraut[3] 15

---

1. L'homme vit au bourg (*bourgeois*), mais possède une terre à la campagne (*manant*) et, de ce fait, dépend du *Seigneur* (v. 10), qui a le privilège de la chasse.
2. Comme *bouchée* vient de bouche, *goulée* vient de gueule.
3. Nom de chien (celui qui observe).

En dépit de ses tours l'attrapera bientôt.
Je vous en déferai, bon homme, sur ma vie.
Et quand? et dès demain, sans tarder plus longtemps.»
La partie ainsi faite, il vient avec ses gens.
20   «Çà, déjeunons, dit-il, vos poulets sont-ils tendres?
La fille du logis, qu'on vous voie, approchez.
Quand la marierons-nous? quand aurons-nous des
                                                [gendres?
Bon homme, c'est ce coup qu'il faut, vous m'entendez,
     Qu'il faut fouiller à l'escarcelle[1].»
25   Disant ces mots il fait connaissance avec elle;
          Auprès de lui la fait asseoir,
Prend une main, un bras, lève un coin du mouchoir[2],
          Toutes sottises dont la Belle
          Se défend avec grand respect;
30   Tant qu'au Père à la fin cela devient suspect.
Cependant on fricasse, on se rue en cuisine.
«De quand sont vos jambons? Ils ont fort bonne mine.
— Monsieur, ils sont à vous. — Vraiment, dit le
                                                [Seigneur,
     Je les reçois, et de bon cœur.»
35   Il déjeune très bien, aussi fait sa famille,
Chiens, chevaux, et valets, tous gens bien endentés:
Il commande chez l'Hôte, y prend des libertés,
          Boit son vin, caresse sa fille.

---

1. L'*escarcelle* est une bourse qu'on porte à la ceinture: le manant y
trouvera de quoi doter sa fille.
2. Fichu, sorte de foulard qui recouvre la tête, ou les épaules et le
décolleté.

L'embarras des Chasseurs succède au déjeuné.
    Chacun s'anime et se prépare :   40
Les trompes et les cors font un tel tintamarre
    Que le bon homme est étonné[1].
Le pis fut que l'on mit en piteux équipage
Le pauvre potager : adieu planches, carreaux[2] ;
    Adieu chicorée et poireaux ;   45
    Adieu de quoi mettre au potage.
Le Lièvre était gîté dessous un maître chou :
On le quête ; on le lance ; il s'enfuit par un trou,
Non pas trou, mais trouée, horrible et large plaie
    Que l'on fit à la pauvre haie   50
Par ordre du Seigneur : car il eût été mal
Qu'on n'eût pu du jardin sortir tout à cheval.
Le bon homme disait : «Ce sont là jeux de Prince[3].»
Mais on le laissait dire ; et les chiens, et les Gens
Firent plus de dégât en une heure de temps   55
    Que n'en auraient fait en cent ans
    Tous les Lièvres de la Province.

    Petits Princes, videz vos débats entre vous.
De recourir aux Rois vous seriez de grands fous.
Il ne les faut jamais engager dans vos guerres,   60
    Ni les faire entrer sur vos terres[4].

1. Stupéfait, épouvanté.
2. Plate-bande de jardin.
3. Formule proverbiale, à compléter par : «qui ne plaisent qu'à ceux qui les font».
4. Source inconnue ; peut-être un fait divers.

FABLE V

L'Âne et le Petit Chien

Ne forçons point notre talent ;
Nous ne ferions rien avec grâce.
Jamais un lourdaud, quoi qu'il fasse,
Ne saurait passer pour galant[1].
5   Peu de gens, que le Ciel chérit et gratifie,
Ont le don d'agréer infus avec la vie[2].
    C'est un point qu'il leur faut laisser,
Et ne pas ressembler à l'Âne de la Fable,
    Qui, pour se rendre plus aimable
10   Et plus cher à son Maître, alla le caresser.
    «Comment, disait-il en son âme,
    Ce Chien, parce qu'il est mignon,
    Vivra de pair à compagnon
    Avec Monsieur, avec Madame !
15   Et j'aurai des coups de bâton !
    Que fait-il ? il donne la patte ;
    Puis aussitôt il est baisé.
S'il en faut faire autant afin que l'on me flatte,
    Cela n'est pas bien malaisé. »
20   Dans cette admirable pensée,
Voyant son Maître en joie, il s'en vient lourdement,

---

1. Raffiné, élégant : le contraire de *lourdaud* (v. 3).
2. Le don d'être agréable qu'ils ont dès la naissance.

Lève une corne[1] tout usée,
La lui porte au menton fort amoureusement,
Non sans accompagner pour plus grand ornement
De son chant gracieux cette action hardie.   25
« Oh ! oh ! quelle caresse, et quelle mélodie !
Dit le Maître aussitôt. Holà, Martin bâton[2] ! »
Martin bâton accourt ; l'Âne change de ton.
     Ainsi finit la Comédie[3].

FABLE XI

La Grenouille et le Rat

Tel, comme dit Merlin[4], cuide engeigner[5] autrui,
    Qui souvent s'engeigne soi-même.
J'ai regret que ce mot soit trop vieux aujourd'hui :
Il m'a toujours semblé d'une énergie extrême.
Mais afin d'en venir au dessein que j'ai pris,   5
Un Rat plein d'embonpoint, gras, et des mieux nourris,

---

    1. Les sabots, comme les ongles, sont en corne.
    2. Un *bâton* (un bâton pour frapper l'âne, qu'on appelle souvent Martin) : par extension, le valet chargé de donner le bâton. L'expression, déjà attestée au Moyen Âge, se retrouve chez Rabelais.
    3. Source : Ésope.
    4. Magicien des vieux romans bretons, dont La Fontaine était très friand.
    5. En vieux français (voir v. 3) : *cuider* signifie penser, *engeigner*, tromper.

Et qui ne connaissait l'Avent ni le Carême[1],
Sur le bord d'un Marais égayait ses esprits.
Une Grenouille approche, et lui dit en sa langue :
10   «Venez me voir chez moi, je vous ferai festin. »
        Messire Rat promit soudain :
Il n'était pas besoin de plus longue harangue[2].
Elle allégua pourtant les délices du bain,
La curiosité, le plaisir du voyage,
15   Cent raretés à voir le long du Marécage :
Un jour il conterait à ses petits-enfants
Les beautés de ces lieux, les mœurs des Habitants,
Et le gouvernement de la chose publique[3]
        Aquatique.
20   Un point sans plus tenait le galant[4] empêché.
Il nageait quelque peu ; mais il fallait de l'aide.
La Grenouille à cela trouve un très bon remède :
Le Rat fut à son pied par la patte attaché ;
        Un brin de jonc en fit l'affaire.
25   Dans le Marais entrés, notre bonne Commère
S'efforce de tirer son Hôte au fond de l'eau,
Contre le droit des Gens, contre la foi jurée ;

---

1. Temps de l'année liturgique pendant lesquels le jeûne est pres-
crit.
    2. Discours destiné à impressionner un public nombreux.
    3. Étymologiquement, en latin, *res publica* (république) signifie la
chose publique, c'est-à-dire ce qui concerne tous les citoyens d'une
nation, d'un État.
    4. Ici : amateur de bonne chère. Ou, par antiphrase (voir ci-dessous,
v. 30, le mot *galante*, appliqué cette fois à bon escient, à la grenouille),
rusé.

Prétend qu'elle en fera gorge chaude[1], et curée ;
(C'était à son avis un excellent morceau.)
Déjà dans son esprit la Galante le croque.   30
Il atteste les Dieux ; la Perfide s'en moque.
Il résiste ; elle tire. En ce combat nouveau,
Un Milan qui dans l'air planait, faisait la ronde,
Voit d'en haut le pauvret se débattant sur l'onde :
Il fond dessus, l'enlève, et, par même moyen,   35
    La Grenouille et le lien.
    Tout en fut ; tant et si bien
    Que de cette double proie
    L'Oiseau se donne au cœur joie,
    Ayant de cette façon   40
    À souper chair et poisson.

    La ruse la mieux ourdie
    Peut nuire à son inventeur ;
    Et souvent la Perfidie
    Retourne sur son auteur[2].   45

1. Termes de fauconnerie et de chasse : la *gorge chaude*, c'est la
viande encore chaude du gibier tué qu'on donne aux oiseaux de proie ;
la *curée*, la même viande qu'on donne aux chiens de la chasse.
2. Source : Ésope.

FABLE XIV

Le Renard et le Buste

Les Grands pour la plupart sont masques de Théâtre ;
Leur apparence impose[1] au Vulgaire idolâtre.
L'Âne n'en sait juger que par ce qu'il en voit.
Le Renard au contraire à fond les examine,
5   Les tourne de tout sens ; et quand il s'aperçoit
       Que leur fait[2] n'est que bonne mine,
Il leur applique un mot qu'un Buste de Héros
       Lui fit dire fort à propos.
C'était un Buste creux, et plus grand que nature.
10   Le Renard, en louant l'effort de la Sculpture :
«Belle tête, dit-il, mais de cervelle point. »
Combien de grands Seigneurs sont Bustes en ce point[3] !

---

1. *Impose* : fait illusion, impressionne. Le *vulgaire* : l'homme du commun.

2. Comportement, allure.

3. Sources : Ésope, Phèdre, et Alciat. — Encore une fable qui ressemble à une épigramme (cf. ci-dessus *Le Renard et les Raisins*, III, xi). L'avant-dernier vers du récit (v. 11) contient sous forme ramassée tout le sens de la fable.

FABLE XV

Le Loup, la Chèvre, et le Chevreau

FABLE XVI

Le Loup, la Mère, et l'Enfant

La Bique allant remplir sa traînante mamelle
    Et paître l'herbe nouvelle,
    Ferma sa porte au loquet,
    Non sans dire à son Biquet :
    « Gardez-vous sur votre vie   5
    D'ouvrir, que l'on ne vous die[1]
    Pour enseigne et mot du guet[2],
    Foin du Loup et de sa race. »
    Comme elle disait ces mots,
    Le Loup de fortune[3] passe :   10
    Il les recueille à propos,
    Et les garde en sa mémoire.
    La Bique, comme on peut croire,
    N'avait pas vu le Glouton.
Dès qu'il la voit partie, il contrefait son ton ;   15

---

1. Forme ancienne du subjonctif pour : *dise.*
2. *Enseigne* : signe de reconnaissance ou de ralliement ; *mot du guet* :
mot de passe.
3. Par hasard.

Et d'une voix papelarde[1]
Il demande qu'on ouvre, en disant foin du Loup,
   Et croyant entrer tout d'un coup[2].
Le Biquet soupçonneux par la fente regarde.
20 «Montrez-moi patte blanche, ou je n'ouvrirai point»,
S'écria-t-il d'abord (patte blanche est un point
Chez les Loups, comme on sait, rarement en usage).
Celui-ci fort surpris d'entendre ce langage,
Comme il était venu s'en retourna chez soi.
25 Où serait le Biquet s'il eût ajouté foi
      Au mot du guet, que de fortune
      Notre Loup avait entendu?
      Deux sûretés valent mieux qu'une;
Et le trop en cela ne fut jamais perdu.

30   Ce Loup me remet en mémoire
Un de ses compagnons qui fut encor mieux pris.
      Il y périt; voici l'Histoire.
Un Villageois avait à l'écart son logis:
Messer Loup attendait chape-chute[3] à la porte.
35 Il avait vu sortir gibier de toute sorte;
      Veaux de lait, Agneaux et Brebis,
Régiments de Dindons, enfin bonne Provende[4].

---

1. Hypocrite.
2. Du même coup.
3. *Chape-chute*: étymologiquement, manteau tombé, celui que laisse tomber le passant et que le voleur guette. *Attendre chape-chute*, c'est être à l'affût de l'occasion.
4. Ce qui doit être fourni, c'est-à-dire les provisions de bouche.

Le Larron commençait pourtant à s'ennuyer.
    Il entend un Enfant crier.
    La Mère aussitôt le gourmande,   40
    Le menace, s'il ne se tait,
De le donner au Loup. L'Animal se tient prêt,
Remerciant les Dieux d'une telle aventure,
Quand la Mère, apaisant sa chère Géniture,
Lui dit : « Ne criez point ; s'il vient, nous le tuerons.   45
— Qu'est ceci ? s'écria le mangeur de Moutons.
Dire d'un, puis d'un autre[1] ? Est-ce ainsi que l'on traite
Les gens faits comme moi ? Me prend-on pour un sot ?
    Que quelque jour ce beau Marmot
    Vienne au bois cueillir la noisette ! »   50
Comme il disait ces mots, on sort de la maison.
Un Chien de cour l'arrête ; Épieux et Fourches-fières[2]
    L'ajustent de toutes manières.
« Que veniez-vous chercher en ce lieu ? » lui dit-on.
    Aussitôt il conta l'affaire.   55
    « Merci de moi[3], lui dit la Mère,
Tu mangeras mon fils ! L'ai-je fait à dessein
    Qu'il assouvisse un jour ta faim ? »
    On assomma la pauvre Bête.
Un Manant lui coupa le pied droit et la tête :   60
Le Seigneur du Village à sa porte les mit,
Et ce Dicton picard à l'entour fut écrit :

1. Dire une chose, puis son contraire.
2. Fourches qui se terminent par un bout de fer à trois dents.
3. Dieu ait pitié de moi !

> *Biaux chires leups, n'écoutez mie*
> *Mère tenchent chen fieux, qui crie*[1].

FABLE XXI

L'Œil du maître

Un Cerf s'étant sauvé dans une étable à Bœufs
    Fut d'abord[2] averti par eux
    Qu'il cherchât un meilleur asile.
« Mes Frères, leur dit-il, ne me décelez[3] pas :
5 Je vous enseignerai les pâtis[4] les plus gras ;
Ce service vous peut quelque jour être utile ;
    Et vous n'en aurez pas regret. »
Les Bœufs à toutes fins promirent le secret.
Il se cache en un coin, respire, et prend courage.
10 Sur le soir on apporte herbe fraîche et fourrage,
    Comme l'on faisait tous les jours.
    L'on va, l'on vient, les Valets font cent tours ;
    L'Intendant même, et pas un, d'aventure[5]

---

1. Proverbe en dialecte picard : « Beaux sires Loups, n'écoutez pas une mère tançant son fils qui crie. » Sources : Ésope et Névelet. — Le poète a, en fait, réuni autour du malheureux loup deux fables différentes : la première reprend une donnée bien connue de conte populaire, la seconde renvoie à la hantise du loup qui régnait dans les campagnes, encore au XVIIe siècle.
2. Dès l'abord, aussitôt.
3. Dénoncez.
4. *Pâtis* : pâturages.
5. *Pas un, d'aventure* : personne d'autre, par hasard.

N'aperçut ni cors, ni ramure[1],
  Ni Cerf enfin. L'habitant des Forêts   15
Rend déjà grâce aux Bœufs, attend dans cette étable
Que chacun retournant au travail de Cérès[2],
Il trouve pour sortir un moment favorable.
L'un des Bœufs ruminant lui dit : « Cela va bien ;
Mais quoi l'homme aux cent yeux[3] n'a pas fait sa revue :   20
    Je crains fort pour toi sa venue.
Jusque-là, pauvre Cerf, ne te vante de rien. »
Là-dessus le Maître entre et vient faire sa ronde.
    « Qu'est-ce-ci ? dit-il à son monde,
Je trouve bien peu d'herbe en tous ces râteliers.   25
Cette litière est vieille ; allez vite aux greniers.
Je veux voir désormais vos Bêtes mieux soignées.
Que coûte-t-il d'ôter toutes ces Araignées ?
Ne saurait-on ranger ces jougs et ces colliers ? »
En regardant à tout, il voit une autre tête   30
Que celles qu'il voyait d'ordinaire en ce lieu.
Le Cerf est reconnu ; chacun prend un épieu ;
    Chacun donne un coup à la Bête.
Ses larmes ne sauraient la sauver du trépas.
On l'emporte, on la sale, on en fait maint repas,   35
    Dont maint voisin s'éjouit[4] d'être.

---

1. *Cors* : andouillers ou boutures de cornes qui sortent des bois, de la *ramure* du cerf.
2. Déesse de l'agriculture.
3. Dans la mythologie, Argus avait cent yeux, dont cinquante dormaient, tandis que les cinquante autres veillaient toujours.
4. Se réjouit.

Phèdre, sur ce sujet, dit fort élégamment :
    « Il n'est pour voir que l'œil du Maître. »
Quant à moi, j'y mettrais encore l'œil de l'amant[1].

FABLE XXII

L'Alouette et ses petits, avec le maître d'un champ

Ne t'attends qu'à toi seul, c'est un commun Proverbe.
        Voici comme Ésope le mit
            En crédit.

            Les Alouettes font leur nid
5   Dans les blés quand ils sont en herbe :
            C'est-à-dire environ le temps
Que tout aime et que tout pullule dans le monde ;
            Monstres marins au fond de l'onde,
Tigres dans les forêts, Alouettes aux champs.
10   Une pourtant de ces dernières
Avait laissé passer la moitié d'un Printemps
Sans goûter le plaisir des amours printanières.
À toute force enfin elle se résolut
D'imiter la nature, et d'être mère encore.
15   Elle bâtit un nid, pond, couve et fait éclore
À la hâte ; le tout alla du mieux qu'il put.

---

1. Source : Phèdre. *L'œil de l'amant* : parce que, quand on aime, on a, par amour ou par jalousie, l'œil à tout.

Les blés d'alentour mûrs, avant que la nitée[1]
    Se trouvât assez forte encor
    Pour voler et prendre l'essor,
De mille soins divers l'Alouette agitée   20
S'en va chercher pâture, avertit ses enfants
D'être toujours au guet et faire sentinelle.
    « Si le possesseur de ces champs
Vient avecque son fils (comme il viendra), dit-elle,   25
    Écoutez bien ; selon ce qu'il dira,
      Chacun de nous décampera. »
Sitôt que l'Alouette eut quitté sa famille,
Le possesseur du champ vient avecque son fils.
« Ces blés sont mûrs, dit-il, allez chez nos amis   30
Les prier que chacun apportant sa faucille
Nous vienne aider demain dès la pointe du jour. »
    Notre Alouette de retour
    Trouve en alarme sa couvée.
L'un commence : « Il a dit que l'Aurore levée,   35
L'on fît venir demain ses amis pour l'aider.
— S'il n'a dit que cela, repartit l'Alouette,
Rien ne nous presse encor de changer de retraite :
Mais c'est demain qu'il faut tout de bon écouter.
Cependant soyez gais ; voilà de quoi manger. »   40
Eux repus tout s'endort, les Petits et la Mère.
L'aube du jour arrive ; et d'amis point du tout.
L'Alouette à l'essor[2], le Maître s'en vient faire
    Sa ronde ainsi qu'à l'ordinaire.

---

  1. Mot du dialecte picard pour nichée.
  2. L'alouette ayant pris son essor, envolée.

«Ces blés ne devraient pas, dit-il, être debout.
45 Nos amis ont grand tort, et tort qui se repose
Sur de tels paresseux à servir ainsi lents.
          Mon fils, allez chez nos parents
          Les prier de la même chose.»
L'épouvante est au nid plus forte que jamais.
50 «Il a dit ses parents, Mère, c'est à cette heure…
          — Non, mes enfants, dormez en paix ;
          Ne bougeons de notre demeure.»
L'Alouette eut raison, car personne ne vint.
Pour la troisième fois le Maître se souvint
55 De visiter ses blés. «Notre erreur est extrême,
Dit-il, de nous attendre à d'autres gens que nous.
Il n'est meilleur ami ni parent que soi-même.
Retenez bien cela, mon fils, et savez-vous
Ce qu'il faut faire ? Il faut qu'avec notre famille
60 Nous prenions dès demain chacun une faucille :
C'est là notre plus court ; et nous achèverons
          Notre moisson quand nous pourrons.»
Dès lors que ce dessein fut su de l'Alouette :
«C'est ce coup qu'il est bon de partir, mes enfants.»
65   Et les Petits en même temps
          Voletants, se culebutants[1],
          Délogèrent tous sans trompette[2].

---

1. Graphie archaïque : *culebutants* pour *culbutants*.
2. Sources : Ésope et ses continuateurs. — Cette fable, la dernière du livre IV, n'est pas sans affinité avec la précédente (IV, XXI). Toutes deux contiennent une évocation charmante de la campagne. Toutes deux exaltent l'intelligence et la sagesse du maître qui ne se fie qu'à lui-même ; mais à l'imprudence du malheureux cerf s'oppose la prévoyance heureuse de l'alouette.

LIVRE CINQUIÈME

FABLE II

Le Pot de terre et le Pot de fer

Le Pot de fer proposa
Au Pot de terre un voyage.
Celui-ci s'en excusa,
Disant qu'il ferait que sage[1]
De garder le coin du feu ;   5
Car il lui fallait si peu,
Si peu, que la moindre chose
De son débris serait cause.
Il n'en reviendrait morceau[2].
«Pour vous dit-il, dont la peau   10
Est plus dure que la mienne,
Je ne vois rien qui vous tienne[3].
— Nous vous mettrons à couvert,
Repartit le Pot de fer.
Si quelque matière dure   15

---

   1. Tour archaïque doublement elliptique. Il faut lire : *il ferait* (ce) *que* (ferait un) *sage*.
   2. *Il n'en reviendrait morceau* : il n'en reviendrait (impersonnel) pas un seul morceau (du pot de terre).
   3. *Tienne* : retienne.

Vous menace d'aventure,
Entre deux je passerai,
Et du coup vous sauverai. »
Cette offre le persuade.
20   Pot de fer son camarade
Se met droit à ses côtés.
Mes gens s'en vont à trois pieds,
Clopin-clopant comme ils peuvent,
L'un contre l'autre jetés,
25   Au moindre hoquet[1] qu'ils treuvent[2],
Le Pot de terre en souffre ; il n'eut pas fait cent pas
Que par son Compagnon il fut mis en éclats,
Sans qu'il eût lieu de se plaindre.
Ne nous associons qu'avecque nos égaux ;
30   Ou bien il nous faudra craindre
Le destin d'un de ces Pots[3].

FABLE III

Le Petit Poisson et le Pêcheur

Petit poisson deviendra grand,
Pourvu que Dieu lui prête vie.
Mais le lâcher en attendant,

---

1. *Hoquet* : sens premier du mot : choc, heurt.
2. *Treuvent* : trouvent. Le mot rime avec *peuvent*.
3. Source : Ésope.

Je tiens pour moi que c'est folie ;
Car de le rattraper il n'est pas trop certain.   5
Un Carpeau qui n'était encore que Fretin[1]
Fut pris par un Pêcheur au bord d'une rivière.
« Tout fait nombre, dit l'homme en voyant son butin ;
Voilà commencement de chère et de festin ;
       Mettons-le[2] en notre gibecière. »   10
Le pauvre Carpillon lui dit à sa manière :
« Que ferez-vous de moi ? je ne saurais fournir
       Au plus qu'une demi-bouchée.
       Laissez-moi Carpe devenir :
       Je serai par vous repêchée.   15
Quelque gros Partisan[3] m'achètera bien cher :
       Au lieu qu'il vous en faut chercher
       Peut-être encore cent de ma taille
Pour faire un plat. Quel plat ? croyez-moi, rien qui
                    [vaille.
— Rien qui vaille ? Eh bien, soit ! repartit le Pêcheur ;   20
Poisson mon bel ami, qui faites le Prêcheur,
Vous irez dans la poêle ; et vous avez beau dire ;
       Dès ce soir on vous fera frire. »

Un tien[4] vaut, ce dit-on, mieux que deux tu l'auras,
       L'un est sûr, l'autre ne l'est pas[5].   25

---

1. Sens premier : menue monnaie.
2. Le *e* de *le* s'élide devant *en*.
3. Financier sous l'Ancien Régime.
4. Forme ancienne de la seconde personne de l'impératif.
5. Source : Ésope.

FABLE V

Le Renard ayant la queue coupée

Un vieux Renard, mais des plus fins,
Grand croqueur de Poulets, grand preneur de Lapins,
    Sentant son Renard d'une lieue,
    Fut enfin au piège attrapé.
5   Par grand hasard en étant échappé ;
Non pas franc[1], car pour gage il y laissa sa Queue :
S'étant, dis-je, sauvé sans Queue et tout honteux,
Pour avoir des pareils (comme il était habile)
Un jour que les Renards tenaient conseil entre eux :
10 « Que faisons-nous, dit-il, de ce poids inutile,
Et qui va balayant tous les sentiers fangeux ?
Que nous sert cette Queue ? Il faut qu'on se la coupe,
Si l'on me croit, chacun s'y résoudra.
    — Votre avis est fort bon, dit quelqu'un de la troupe,
15 Mais tournez-vous de grâce, et l'on vous répondra. »
À ces mots il se fit une telle huée,
Que le pauvre Écourté ne put être entendu.
Prétendre ôter la Queue eût été temps perdu ;
    La mode en fut continuée[2].

---

1. *Franc* : qui ne paie pas de taxe, donc qui conserve son intégrité.
2. Source : Ésope.

FABLE VIII

Le Cheval et le Loup

Un certain Loup, dans la saison
Que les tièdes Zéphirs ont l'herbe rajeunie,
Et que les Animaux quittent tous la maison,
    Pour s'en aller chercher leur vie ;
Un Loup, dis-je, au sortir des rigueurs de l'Hiver,   5
Aperçut un Cheval qu'on avait mis au vert.
    Je laisse à penser quelle joie.
« Bonne chasse, dit-il, qui[1] l'aurait à son croc.
Eh ! que n'es-tu Mouton ! car tu me serais hoc[2] :
Au lieu qu'il faut ruser pour avoir cette proie.   10
Rusons donc. » Ainsi dit, il vient à pas comptés,
    Se dit Écolier d'Hippocrate[3].
Qu'il connaît les vertus et les propriétés
    De tous les Simples[4] de ces prés ;
    Qu'il sait guérir, sans qu'il se flatte,   15
Toutes sortes de maux. Si Dom Coursier[5] voulait
    Ne point celer sa maladie,
    Lui Loup gratis le guérirait.

1. Pour qui.
2. Tu ferais mon affaire.
3. *Hippocrate* : médecin grec, père de la médecine.
4. *Simples* : plantes médicinales.
5. *Dom Coursier* : Dom (comme dans Dom Juan) est un titre donné aux nobles. Coursier est un mot du vocabulaire poétique. L'expression utilisée ici est donc doublement flatteuse.

Car le voir en cette prairie
20   Paître ainsi sans être lié
Témoignait quelque mal selon la Médecine.
     «J'ai, dit la Bête chevaline,
     Une apostume[1] sous le pied.
— Mon fils, dit le Docteur, il n'est point de partie
25   Susceptible de tant de maux.
J'ai l'honneur de servir Nosseigneurs les Chevaux,
     Et fais aussi la Chirurgie.»
Mon galant[2] ne songeait qu'à bien prendre son temps
     Afin de happer son malade.
30 L'autre qui s'en doutait lui lâche une ruade
     Qui vous lui met en marmelade
     Les mandibules et les dents.
«C'est bien fait, dit le Loup en soi-même fort triste :
Chacun à son métier doit toujours s'attacher ;
35   Tu veux faire ici l'Arboriste[3],
     Et ne fus jamais que Boucher[4].»

1. Abcès.
2. Rusé (ou, du moins, qui se croit tel).
3. Forme populaire pour herboriste.
4. Sources : Ésope, Corrozet, Haudent.

FABLE IX

Le Laboureur et ses Enfants

Travaillez, prenez de la peine :
C'est le fonds qui manque[1] le moins.
Un riche laboureur sentant sa mort prochaine
Fit venir ses enfants, leur parla sans témoins.
«Gardez-vous, leur dit-il, de vendre l'héritage   5
    Que nous ont laissé nos parents.
    Un trésor est caché dedans.
Je ne sais pas l'endroit ; mais un peu de courage
Vous le fera trouver, vous en viendrez à bout.
Remuez votre champ dès qu'on aura fait l'août[2].   10
Creusez, fouillez, bêchez, ne laissez nulle place
    Où la main ne passe et repasse.»
Le Père mort, les fils vous retournent le champ
Deçà, delà, partout ; si bien qu'au bout de l'an
    Il en rapporta davantage.   15
D'argent, point de caché. Mais le Père fut sage
    De leur montrer avant sa mort
    Que le travail est un trésor[3].

---

1. *Le fonds* : le capital, que l'on peut faire fructifier. *Qui manque* : qui ne rapporte pas d'intérêts. Donc le travail qui rapporte le plus.
2. *Dès qu'on aura fait l'août* : dès qu'on aura fait la moisson. Voir I, 1, *La Cigale et la Fourmi*, v. 13.
3. Source : Ésope.

FABLE XI

La Fortune et le Jeune Enfant

Sur le bord d'un puits très profond,
Dormait étendu de son long
Un Enfant alors dans ses classes.
Tout est aux Écoliers couchette et matelas.
5   Un honnête[1] homme en pareil cas
Aurait fait un saut de vingt brasses[2].
Près de là tout heureusement
La Fortune passa, l'éveilla doucement,
Lui disant : «Mon mignon, je vous sauve la vie.
10   Soyez une autre fois plus sage, je vous prie.
Si vous fussiez tombé, l'on s'en fût pris à moi ;
Cependant c'était votre faute.
Je vous demande en bonne foi
Si cette imprudence si haute
15   Provient de mon caprice.» Elle part à ces mots.
Pour moi, j'approuve son propos.
Il n'arrive rien dans le monde
Qu'il ne faille qu'elle en réponde.
Nous la faisons de tous écots[3] :
20   Elle est prise à garant de toutes aventures.

---

1. Réfléchi, raisonnable.
2. Une *brasse* représente la longueur de deux bras étendus.
3. *Écot* est la quote-part d'un convive dans les frais du repas. Nous la faisons participer à tout.

Est-on sot, étourdi, prend-on mal ses mesures,
On pense en être quitte en accusant son sort.
     Bref la Fortune a toujours tort[1].

FABLE XIII

La Poule aux œufs d'or

L'Avarice[2] perd tout en voulant tout gagner.
     Je ne veux pour le témoigner[3]
Que celui dont la Poule, à ce que dit la Fable[4],
     Pondait tous les jours un œuf d'or.
Il crut que dans son corps elle avait un trésor.   5
Il la tua, l'ouvrit, et la trouva semblable
À celles dont les œufs ne lui rapportaient rien,
S'étant lui-même ôté le plus beau de son bien.
     Belle leçon pour les gens chiches[5].
Pendant ces derniers temps combien en a-t-on vus   10
Qui du soir au matin sont pauvres devenus
     Pour vouloir trop tôt être riches[6]?

1. Sources : Ésope et Mathurin Régnier.
2. *Avarice* : au sens latin : la cupidité.
3. *Le témoigner* : de nos jours, nous écririons plutôt : en témoigner.
4. La *Fable* : la légende.
5. *Chiches* : non pas avares, parcimonieux, mais cupides. Voir *Avarice*.
6. Source : Ésope.

FABLE XX

L'Ours et les Deux Compagnons

Deux Compagnons pressés d'argent
À leur voisin Fourreur vendirent
La peau d'un Ours encor vivant,
Mais qu'ils tueraient bientôt, du moins à ce qu'ils dirent.
5 C'était le Roi des Ours au conte de ces gens.
Le Marchand à sa peau devait faire fortune :
Elle garantirait des froids les plus cuisants ;
On en pourrait fourrer plutôt deux robes qu'une.
Dindenaut[1] prisait moins ses Moutons qu'eux leur
                                    [Ours :
10 Leur, à leur compte, et non à celui de la Bête.
S'offrant de la livrer au plus tard dans deux jours,
Ils conviennent de prix, et se mettent en quête ;
Trouvent l'Ours qui s'avance, et vient vers eux au trot.
Voilà mes Gens frappés comme d'un coup de foudre.
15 Le marché ne tint pas ; il fallut le résoudre[2] :
D'intérêts contre l'Ours[3], on n'en dit pas un mot.
L'un des deux Compagnons grimpe au faîte d'un arbre ;
    L'autre, plus froid que n'est un marbre,

---

1. Dindenaut, le marchand de moutons en querelle avec Panurge dans un célèbre chapitre du *Quart Livre* de Rabelais.
2. Casser, annuler.
3. Dommages-intérêts à exiger de celui qui a fait échouer le contrat, en l'occurrence l'ours.

Se couche sur le nez, fait le mort, tient son vent[1] ;
     Ayant quelque part ouï dire   20
     Que l'Ours s'acharne peu souvent
Sur un corps qui ne vit, ne meut[2], ni ne respire.
Seigneur Ours, comme un sot, donna dans ce panneau.
Il voit ce corps gisant, le croit privé de vie,
     Et de peur de supercherie   25
Le tourne, le retourne, approche son museau,
     Flaire aux passages de l'haleine.
« C'est, dit-il, un Cadavre : ôtons-nous, car il sent. »
À ces mots, l'Ours s'en va dans la Forêt prochaine.
L'un de nos deux Marchands de son arbre descend ;   30
Court à son Compagnon, lui dit que c'est merveille
Qu'il n'ait eu seulement que la peur pour tout mal.
« Eh bien, ajouta-t-il, la peau de l'Animal ?
     Mais que t'a-t-il dit à l'oreille ?
     Car il s'approchait de bien près,   35
     Te retournant avec sa serre[3].
     — Il m'a dit qu'il ne faut jamais
Vendre la peau de l'Ours qu'on ne l'ait mis par terre[4]. »

1. Retient son souffle.
2. *Meut* : du verbe mouvoir.
3. *Serre* : griffes.
4. Sources : Ésope, Abstemius, et le chroniqueur Philippe de Commynes qui rapporte que l'empereur d'Allemagne aurait raconté l'histoire de l'ours aux émissaires de Louis XI venus lui proposer de partager les dépouilles (à venir !) de Charles le Téméraire.

LIVRE SIXIÈME

FABLE III

Phébus et Borée

Borée[1] et le Soleil virent un Voyageur
    Qui s'était muni par bonheur
Contre le mauvais temps (on entrait dans l'Automne,
Quand la précaution aux voyageurs est bonne :
5   Il pleut ; le Soleil luit ; et l'écharpe d'Iris[2]
      Rend ceux qui sortent avertis
Qu'en ces mois le Manteau leur est fort nécessaire.
Les Latins les nommaient douteux[3] pour cette affaire).
Notre homme s'était donc à la pluie attendu.
10   Bon manteau bien doublé ; bonne étoffe bien forte.
« Celui-ci, dit le Vent, prétend avoir pourvu
À tous les accidents ; mais il n'a pas prévu
    Que je saurai souffler de sorte
Qu'il n'est bouton qui tienne : il faudra, si je veux,
15   Que le Manteau s'en aille au diable.
L'ébattement[4] pourrait nous en être agréable :
Vous plaît-il de l'avoir ? — Eh bien gageons nous deux,

---

1. Nom mythologique du vent du nord.
2. Iris, la messagère des dieux, a l'arc-en-ciel pour écharpe.
3. Incertains.
4. Divertissement, spectacle.

(Dit Phébus[1]) sans tant de paroles,
À qui plus tôt aura dégarni les épaules
        Du Cavalier que nous voyons.   20
Commencez : je vous laisse obscurcir mes rayons. »
Il n'en fallut pas plus. Notre Souffleur à gage[2]
Se gorge de vapeurs, s'enfle comme un ballon ;
        Fait un vacarme de Démon ;
Siffle, souffle, tempête, et brise en son passage   25
Maint toit qui n'en peut mais, fait périr maint bateau ;
        Le tout au sujet d'un Manteau.
Le Cavalier eut soin d'empêcher que l'orage
        Ne se pût engouffrer dedans.
Cela le préserva ; le Vent perdit son temps ;   30
Plus il se tourmentait, plus l'autre tenait ferme ;
Il eut beau faire agir le collet et les plis.
        Sitôt qu'il fut au bout du terme
        Qu'à la gageure on avait mis,
        Le Soleil dissipe la nue,   35
Recrée, et puis pénètre enfin le Cavalier ;
        Sous son balandras[3] fait qu'il sue,
        Le contraint de s'en dépouiller.
Encor n'usa-t-il pas de toute sa puissance.
        Plus fait Douceur que Violence[4].   40

---

1. *Phébus* : autre nom du dieu Soleil.
2. Deux sens possibles : il souffle comme si on l'avait payé pour cela ;
il souffle après avoir gagé, parié.
3. Manteau de campagne doublé depuis les épaules jusque sur le
devant.
4. Sources : Avianus et Verdizotti.

FABLE V

Le Cochet, le Chat, et le Souriceau

Un Souriceau tout jeune, et qui n'avait rien vu,
  Fut presque pris au dépourvu.
Voici comme il conta l'aventure à sa Mère.
« J'avais franchi les Monts qui bornent cet État,
5   Et trottais comme un jeune Rat
  Qui cherche à se donner carrière[1],
Lorsque deux animaux m'ont arrêté les yeux ;
   L'un doux, bénin et gracieux ;
Et l'autre turbulent, et plein d'inquiétude[2].
10   Il a la voix perçante et rude ;
   Sur la tête un morceau de chair ;
Une sorte de bras dont il s'élève en l'air,
   Comme pour prendre sa volée ;
   La queue en panache étalée. »
15 Or c'était un Cochet[3] dont notre Souriceau
   Fit à sa mère le tableau,
Comme d'un animal venu de l'Amérique.
« Il se battait, dit-il, les flancs avec ses bras,

1. *Se donner carrière* : la *carrière* étant l'espace clos où l'on organise des courses, se donner carrière, c'est entrer dans la compétition et tenter sa chance.
2. *Inquiétude* : le contraire du repos, agitation, au sens physique ; le souriceau ne perçoit que des gestes.
3. *Cochet* : diminutif : jeune coq.

Faisant tel bruit et tel fracas,
Que moi, qui grâce aux Dieux de courage me pique[1],   20
  En ai pris la fuite de peur,
  Le maudissant de très bon cœur.
  Sans lui j'aurais fait connaissance
Avec cet Animal qui m'a semblé si doux.
  Il est velouté comme nous,   25
Marqueté[2], longue queue, une humble contenance;
Un modeste regard, et pourtant l'œil luisant :
  Je le crois fort sympathisant
Avec Messieurs les Rats; car il a des oreilles
  En figure aux nôtres pareilles.   30
Je l'allais aborder; quand d'un son plein d'éclat
  L'autre m'a fait prendre la fuite.
— Mon fils, dit la Souris, ce doucet[3] est un Chat,
  Qui sous son minois hypocrite
  Contre toute ta parenté   35
  D'un malin vouloir[4] est porté.
  L'autre animal tout au contraire
  Bien éloigné de nous mal faire,
Servira quelque jour peut-être à nos repas.
Quant au Chat, c'est sur nous qu'il fonde sa cuisine.   40
  Garde-toi, tant que tu vivras,
  De juger des gens sur la mine[5]. »

1. *Me pique* : me vante.
2. *Marqueté* : tacheté.
3. *Doucet* : diminutif de doux, à valeur péjorative : doucereux.
4. *Malin vouloir* : volonté de faire du mal, agressivité.
5. Sources : Abstemius et Verdizotti.

FABLE X

Le Lièvre et la Tortue

Rien ne sert de courir; il faut partir à point.
Le Lièvre et la Tortue en sont un témoignage.
«Gageons[1], dit celle-ci, que vous n'atteindrez point
Si tôt que moi ce but. — Si tôt? êtes-vous sage[2]?
5   Repartit l'Animal léger[3].
              Ma Commère[4], il vous faut purger
              Avec quatre grains d'ellébore[5].
              — Sage ou non, je parie encore.»
              Ainsi fut fait : et de tous deux
10   On mit près du but les enjeux.
              Savoir quoi, ce n'est pas l'affaire ;
              Ni de quel juge l'on convint.
Notre Lièvre n'avait que quatre pas à faire ;
J'entends de ceux qu'il fait lorsque prêt[6] d'être atteint
15 Il s'éloigne des Chiens, les renvoie aux Calendes[7],

---

1. *Gageons* : parions. Voir ci-dessus VI, iii, *Phébus et Borée*, v. 17.
2. *Sage* : sensée; pas très différent pour le sens de : êtes-vous folle?
3. *Léger* : léger à la course, mais peut-être aussi d'esprit.
4. *Commère* : terme familier ; le ton est un peu condescendant.
5. *Ellébore* : depuis l'Antiquité, on se servait de cette plante pour soigner les fous.
6. *Prêt d(e)* : confusion avec *près de*.
7. L'expression complète est : renvoyer aux calendes grecques, lesquelles n'existent pas, puisque les calendes ne figurent que dans le calendrier romain. Renvoyer aux calendes grecques, c'est donc se payer de mots, renvoyer à la saint-glinglin.

Et leur fait arpenter les landes.
Ayant, dis-je, du temps de reste pour brouter,
    Pour dormir, et pour écouter
  D'où vient le vent, il laisse la Tortue
    Aller son train de Sénateur[1].   20
    Elle part, elle s'évertue ;
    Elle se hâte avec lenteur.
Lui cependant méprise une telle victoire ;
    Tient la gageure à peu de gloire ;
    Croit qu'il y va de son honneur   25
  De partir tard. Il broute, il se repose,
    Il s'amuse à toute autre chose
Qu'à la gageure[2]. À la fin quand il vit
Que l'autre touchait presque au bout de la carrière[3],
Il partit comme un trait ; mais les élans qu'il fit   30
Furent vains ; la Tortue arriva la première.
«Hé bien, lui cria-t-elle, avais-je pas[4] raison ?
    De quoi vous sert votre vitesse ?
    Moi l'emporter ! et que serait-ce
    Si vous portiez une maison[5] ?»   35

    1. Les sénateurs romains étaient célèbres pour leur lenteur majestueuse.

    2. *Gageure* : pari. Voir ci-dessus, v. 3.

    3. *Carrière* : espace clos réservé aux jeux ou à la course. Voir ci-dessus VI, v, *Le Cochet, le Chat et le Souriceau*, v. 6.

    4. La forme correcte aujourd'hui : n'avais-je pas raison ?

    5. Source : Ésope.

FABLE XIV

Le Lion malade et le Renard

De par le Roi des Animaux,
Qui dans son Antre était malade,
Fut fait savoir à ses Vassaux
Que chaque espèce en Ambassade
5   Envoyât Gens le visiter :
Sous promesse de bien traiter
Les Députés, eux et leur suite ;
Foi de Lion très bien écrite.
Bon passeport contre la dent ;
10   Contre la griffe tout autant.
L'Édit du Prince s'exécute.
De chaque espèce on lui députe.
Les Renards gardant la maison,
Un d'eux en dit cette raison :
15   «Les pas empreints sur la poussière
Par ceux qui s'en vont faire au Malade leur cour,
Tous, sans exception, regardent sa tanière ;
Pas un ne marque de retour.
Cela nous met en méfiance.
20   Que Sa Majesté nous dispense.
Grand merci de son passeport.
Je le crois bon ; mais dans cet Antre
Je vois fort bien comme l'on entre,
Et ne vois pas comme on en sort[1].»

1. Source : Ésope.

FABLE XXI

La Jeune Veuve

La perte d'un Époux ne va point sans soupirs.
On fait beaucoup de bruit, et puis on se console.
Sur les ailes du Temps la Tristesse s'envole ;
    Le Temps ramène les plaisirs.
    Entre la Veuve d'une année   5
    Et la Veuve d'une journée
La différence est grande : on ne croirait jamais
    Que ce fût la même personne.
L'une fait fuir les Gens, et l'autre a mille attraits.
Aux soupirs vrais ou faux celle-là s'abandonne ;   10
C'est toujours même note, et pareil entretien :
    On dit qu'on est inconsolable ;
    On le dit, mais il n'en est rien ;
    Comme on verra par cette Fable,
    Ou plutôt par la vérité.   15
    L'Époux d'une jeune Beauté
Partait pour l'autre monde. À ses côtés sa Femme
Lui criait : « Attends-moi, je te suis ; et mon âme
Aussi bien que la tienne, est prête à s'envoler. »
    Le Mari fait seul le voyage.   20
La Belle avait un Père, homme prudent et sage :
    Il laissa le torrent couler.
    À la fin, pour la consoler,
« Ma fille, lui dit-il, c'est trop verser de larmes :
Qu'a besoin le Défunt que vous noyiez vos charmes ?   25

Puisqu'il est des Vivants, ne songez plus aux Morts.
    Je ne dis pas que tout à l'heure[1]
    Une condition meilleure
    Change en des noces ces transports ;
30 Mais après certain temps souffrez qu'on vous propose
Un Époux beau, bien fait, jeune, et tout autre chose
    Que le Défunt. — Ah ! dit-elle aussitôt,
    Un Cloître est l'Époux qu'il me faut. »
Le Père lui laissa digérer sa disgrâce.
35   Un mois de la sorte se passe.
L'autre mois, on l'emploie à changer tous les jours
Quelque chose à l'habit, au linge, à la coiffure.
    Le deuil enfin sert de parure,
    En attendant d'autres atours.
40   Toute la bande des Amours
Revient au Colombier[2] : les Jeux, les Ris, la Danse,
    Ont aussi leur tour à la fin.
    On se plonge soir et matin
    Dans la Fontaine de Jouvence[3].
45 Le Père ne craint plus ce Défunt tant chéri ;
Mais comme il ne parlait de rien à notre Belle :
    « Où donc est le jeune Mari
    Que vous m'avez promis ? » dit-elle[4].

---

  1. *Tout à l'heure* : tout de suite, immédiatement.
  2. Image gracieuse : les *Amours* sont assimilés aux colombes, qui sont les oiseaux qui tirent le char de Vénus. Voir ci-dessus, II, xii, *La Colombe et la Fourmi*, v. 30.
  3. Source légendaire, qui avait la réputation de rajeunir ceux qui buvaient de son eau.
  4. Source : Abstemius. — Une fable qui ressemble plutôt à un conte,

LIVRE SEPTIÈME

FABLE I

Les Animaux malades de la Peste

Un mal qui répand la terreur,
Mal que le Ciel en sa fureur
Inventa pour punir les crimes de la terre,
La Peste (puisqu'il faut l'appeler par son nom)
Capable d'enrichir en un jour l'Achéron[1],   5
  Faisait aux animaux la guerre.
Ils ne mouraient pas tous, mais tous étaient frappés :
  On n'en voyait point d'occupés
À chercher le soutien d'une mourante vie ;
  Nul mets n'excitait leur envie ;   10
  Ni Loups ni Renards n'épiaient
  La douce et l'innocente proie.
  Les Tourterelles se fuyaient ;
  Plus d'amour, partant[2] plus de joie.
Le Lion tint conseil, et dit : « Mes chers amis,   15

---

ou à une petite comédie où nous sommes invités, en compagnie du père de
l'héroïne, à accompagner, avec une tendresse amusée, l'évolution des sentiments de la jeune femme.
 1. Le fleuve qui entoure les Enfers.
 2. Par conséquent.

Je crois que le Ciel a permis
Pour nos péchés cette infortune ;
Que le plus coupable de nous
Se sacrifie aux traits du céleste courroux,
20 Peut-être il obtiendra la guérison commune.
L'histoire nous apprend qu'en de tels accidents
On fait de pareils dévouements[1] :
Ne nous flattons donc point, voyons sans indulgence
L'état de notre conscience.
25 Pour moi, satisfaisant mes appétits gloutons
J'ai dévoré force moutons ;
Que m'avaient-ils fait ? nulle offense :
Même il m'est arrivé quelquefois de manger
Le Berger.
30 Je me dévouerai donc, s'il le faut ; mais je pense
Qu'il est bon que chacun s'accuse ainsi que moi
Car on doit souhaiter selon toute justice
Que le plus coupable périsse.
— Sire, dit le Renard, vous êtes trop bon Roi ;
35 Vos scrupules font voir trop de délicatesse ;
Eh bien, manger moutons, canaille, sotte espèce,
Est-ce un péché ? Non non. Vous leur fîtes Seigneur
En les croquant beaucoup d'honneur.
Et quant au Berger, l'on peut dire
40 Qu'il était digne de tous maux,
Étant de ces gens-là qui sur les animaux
Se font un chimérique empire. »

---

1. Sacrifices aux dieux infernaux ; cf. v. 30 et 57.

Ainsi dit le Renard, et flatteurs d'applaudir.
  On n'osa trop approfondir
Du Tigre, ni de l'Ours, ni des autres puissances   45
  Les moins pardonnables offenses.
Tous les gens querelleurs, jusqu'aux simples mâtins[1],
Au dire de chacun, étaient de petits saints.
L'Âne vint à son tour et dit : « J'ai souvenance
  Qu'en un pré de Moines passant,   50
La faim, l'occasion, l'herbe tendre, et je pense
  Quelque diable aussi me poussant,
Je tondis de ce pré la largeur de ma langue.
Je n'en avais nul droit, puisqu'il faut parler net. »
À ces mots on cria haro[2] sur le baudet.   55
Un Loup quelque peu clerc[3] prouva par sa harangue
Qu'il fallait dévouer ce maudit animal,
Ce pelé, ce galeux, d'où venait tout leur mal.
Sa peccadille fut jugée un cas pendable.
Manger l'herbe d'autrui ! quel crime abominable ! 60
  Rien que la mort n'était capable
D'expier son forfait : on le lui fit bien voir.
Selon que vous serez puissant ou misérable,
Les jugements de Cour vous rendront blanc ou noir[4].

---

1. Gros chiens de garde.
2. Le mot *haro* désigne, dans le droit coutumier de l'ancienne France, une procédure qui permet au plaignant de mener la partie adverse devant le juge.
3. Un *clerc* (membre du clergé, ou laïque) est un savant, un lettré.
4. Sources : ésopiques (Haudent, Guéroult), et orientales (Pilpay). — Dans cette fable d'ouverture du « second recueil », un ton d'une singulière âpreté est donné (même si l'âne de cette fable fait montre d'autant de

FABLE IV

Le Héron
La Fille

Un jour sur ses longs pieds allait je ne sais où,
Le Héron au long bec emmanché d'un long cou.
    Il côtoyait une rivière.
L'onde était transparente ainsi qu'aux plus beaux jours ;
5 Ma commère la carpe y faisait mille tours
    Avec le brochet son compère.
Le Héron en eût fait aisément son profit :
Tous approchaient du bord, l'oiseau n'avait qu'à prendre ;
    Mais il crut mieux faire d'attendre
10   Qu'il eût un peu plus d'appétit.
Il vivait de régime, et mangeait à ses heures.
Après quelques moments l'appétit vint ; l'oiseau
    S'approchant du bord vit sur l'eau
Des Tanches qui sortaient du fond de ces demeures.
15 Le mets ne lui plut pas ; il s'attendait à mieux
    Et montrait un goût dédaigneux
    Comme le rat du bon Horace[1].

---

naïveté et d'inexpérience que le corbeau du *Corbeau et le Renard* (I, ii) ou
l'agneau du *Loup et l'Agneau* (I, x)). La satire de la cour — des courtisans
plus que du roi — se fait ici féroce. À comparer, ci-dessous, avec *La Cour
du Lion* (VII, vi), et avec *Les Obsèques de la Lionne* (VIII, xiv).

    1. Allusion au rat de ville (opposé au rat des champs) tel que le pré-
sente Horace dans l'une de ses *Satires* (II, 6), satire dont La Fontaine s'est

« Moi, des Tanches ? dit-il, moi Héron que je fasse
Une si pauvre chère ? et pour qui me prend-on ? »
La Tanche rebutée[1] il trouva du goujon.   20
« Du goujon ! c'est bien là le dîner d'un Héron !
J'ouvrirais pour si peu le bec ! aux Dieux ne plaise ! »
Il l'ouvrit pour bien moins : tout alla de façon
    Qu'il ne vit plus aucun poisson.
La faim le prit ; il fut tout heureux et tout aise   25
    De rencontrer un Limaçon.
    Ne soyons pas si difficiles :
Les plus accommodants, ce sont les plus habiles :
On hasarde de perdre en voulant trop gagner.
    Gardez-vous de rien dédaigner ;   30
Surtout quand vous avez à peu près votre compte.
Bien des gens y sont pris ; ce n'est pas aux Hérons
Que je parle ; écoutez, humains, un autre conte ;
Vous verrez que chez vous j'ai puisé ces leçons.

    Certaine fille un peu trop fière   35
    Prétendait trouver un mari
Jeune, bien fait, et beau, d'agréable manière,
Point froid et point jaloux ; notez ces deux points-ci.
    Cette fille voulait aussi
    Qu'il eût du bien, de la naissance,   40
De l'esprit, enfin tout ; mais qui peut tout avoir ?

---

inspiré pour écrire *Le Rat de ville et le Rat des champs* (voir ci-dessus, I,
IX).
  1. *Rebutée* : refusée, rejetée.

Le destin se montra soigneux de la pourvoir :
>   Il vint des partis d'importance.
La belle les trouva trop chétifs de moitié.
45 «Quoi moi ? quoi ces gens-là ? l'on radote, je pense.
À moi les proposer ! hélas ils font pitié.
>   Voyez un peu la belle espèce ! »
L'un n'avait en l'esprit nulle délicatesse ;
L'autre avait le nez fait de cette façon-là ;
50 >   C'était ceci, c'était cela,
>   C'était tout ; car les précieuses[1]
>   Font dessus tout les dédaigneuses.
Après les bons partis les médiocres gens[2]
>   Vinrent se mettre sur les rangs.
55 Elle de se moquer. «Ah vraiment, je suis bonne
De leur ouvrir la porte : ils pensent que je suis
>   Fort en peine de ma personne.
>   Grâce à Dieu je passe les nuits
>   Sans chagrin, quoique en solitude. »
60 La belle se sut gré de tous ces sentiments.
L'âge la fit déchoir ; adieu tous les amants[3].
Un an se passe et deux avec inquiétude.
Le chagrin vient ensuite : elle sent chaque jour
Déloger quelques Ris[4], quelques jeux, puis l'amour ;

1. Au XVIIe siècle, les *précieuses* revendiquaient la délicatesse du langage et des manières, au risque parfois de tomber dans l'excès ou le ridicule. En 1659, Molière avait fait jouer sa comédie des *Précieuses ridicules*.
2. De condition moyenne.
3. Prétendants.
4. *Ris* : rires, au sens de plaisirs, joies.

Puis ses traits choquer et déplaire ; 65
Puis cent sortes de fards. Ses soins ne purent faire
Qu'elle échappât au temps, cet insigne larron :
     Les ruines d'une maison
Se peuvent réparer ; que n'est cet avantage
     Pour les ruines du visage ! 70
Sa préciosité changea lors de langage.
Son miroir lui disait : « Prenez vite un mari. »
Je ne sais quel désir le lui disait aussi ;
Le désir peut loger chez une précieuse.
Celle-ci fit un choix qu'on n'aurait jamais cru, 75
Se trouvant à la fin tout aise et tout heureuse
     De rencontrer un malotru[1].

FABLE VI

La Cour du Lion

Sa Majesté Lionne un jour voulut connaître
De quelles nations le Ciel l'avait fait maître.

---

1. Sources : pour *Le Héron*, l'Italien Straparole (mais cette source est aujourd'hui contestée) ; pour *La Fille*, l'Italien Francesco Colonna, et un ami de La Fontaine, Tallemant des Réaux. — Ce n'est évidemment pas par hasard que La Fontaine a réuni ces deux récits ; comme il l'explique lui-même (v. 32-34), ils illustrent la même idée, mais selon des modes différents : une allégorie animalière, d'abord ; ensuite un récit « réaliste » un peu grinçant. La réussite exceptionnelle du premier récit (*Le Héron*) ne vient-elle pas souligner la vertu opératoire du récit allégorique ?

Il manda donc par députés
Ses vassaux de toute nature,
5   Envoyant de tous les côtés
Une circulaire écriture[1],
Avec son sceau. L'écrit portait
Qu'un mois durant le Roi tiendrait
Cour plénière[2], dont l'ouverture
10   Devait être un fort grand festin,
Suivi des tours de Fagotin[3].
Par ce trait de magnificence
Le Prince à ses sujets étalait sa puissance.
En son Louvre il les invita.
15 Quel Louvre ! un vrai charnier, dont l'odeur se porta
D'abord au nez des gens. L'Ours boucha sa narine :
Il se fût bien passé de faire cette mine,
Sa grimace déplut. Le Monarque irrité
L'envoya chez Pluton[4] faire le dégoûté.
20 Le Singe approuva fort cette sévérité ;
Et flatteur excessif il loua la colère[5],
Et la griffe du Prince, et l'antre, et cette odeur :
Il n'était ambre, il n'était fleur,
Qui ne fût ail au prix. Sa sotte flatterie

1. Une circulaire communique un avis officiel à toutes les personnes concernées. Ici le mot n'est qu'un adjectif.
2. Dans la tradition féodale, assemblée générale de vassaux autour du suzerain, et pouvant donner lieu à réjouissances et festivités.
3. *Fagotin* était un singe savant bien connu des badauds parisiens qui l'admiraient à la Foire Saint-Germain.
4. Dieu romain des Enfers.
5. Remarquer que ce vers est sans rime.

Eut un mauvais succès, et fut encor punie.　　25
　　Ce Monseigneur du Lion-là
　　Fut parent de Caligula[1].
Le Renard étant proche : « Or çà, lui dit le Sire,
Que sens-tu? dis-le-moi : parle sans déguiser. »
　　L'autre aussitôt de s'excuser,　　30
Alléguant un grand rhume : il ne pouvait que dire
　　Sans odorat; bref il s'en tire.
　　Ceci vous sert d'enseignement.
Ne soyez à la Cour, si vous voulez y plaire,
Ni fade adulateur, ni parleur trop sincère;　　35
Et tâchez quelquefois de répondre en Normand[2].

FABLE VIII

Le Coche et la Mouche

Dans un chemin montant, sablonneux, malaisé,
Et de tous les côtés au Soleil exposé,
　　Six forts chevaux tiraient un Coche[3].

---

　1. Caligula, empereur romain, fit mettre à mort ceux qui pleuraient, lors de la mort de sa sœur, parce qu'ils ne croyaient pas à son « apothéose » (accession au rang des dieux), aussi bien que ceux qui ne pleuraient pas parce qu'il leur reprochait de n'avoir pas pris le deuil.
　2. Le Normand a, paraît-il, l'art de ne répondre ni oui, ni non. Sources : Guéroult, ou Jacques Régnier. — Cette fable s'apparente, par sa violence satirique, aux *Animaux malades de la peste* (VII, i) et aux *Obsèques de la Lionne* (VIII, xiv).
　3. Voiture à chevaux, sorte de diligence.

Femmes, Moine, vieillards, tout était descendu.
5 L'attelage suait, soufflait, était rendu[1].
Une Mouche survient, et des chevaux s'approche ;
Prétend les animer par son bourdonnement ;
Pique l'un, pique l'autre, et pense à tout moment
    Qu'elle fait aller la machine,
10 S'assied sur le timon[2], sur le nez du Cocher ;
    Aussitôt que le char chemine,
    Et qu'elle voit les gens marcher,
Elle s'en attribue uniquement la gloire ;
Va, vient, fait l'empressée ; il semble que ce soit
15 Un Sergent de bataille[3] allant en chaque endroit
Faire avancer ses gens, et hâter la victoire.
    La Mouche en ce commun besoin
Se plaint qu'elle agit seule, et qu'elle a tout le soin ;
Qu'aucun n'aide aux chevaux à se tirer d'affaire.
20   Le Moine disait son Bréviaire[4],
Il prenait bien son temps[5] ! une femme chantait ;
C'était bien de chansons qu'alors il s'agissait !
Dame Mouche s'en va chanter à leurs oreilles,
    Et fait cent sottises pareilles.
25 Après bien du travail le Coche arrive au haut.
« Respirons maintenant, dit la Mouche aussitôt :

1. Rendu de fatigue, achevé par la fatigue.
2. Barre qui relie les animaux à la voiture.
3. Officier supérieur d'infanterie.
4. *Bréviaire* : livre contenant les prières que les prêtres doivent lire chaque jour.
5. Exemple de style indirect libre.

J'ai tant fait que nos gens sont enfin dans la plaine.
Çà, Messieurs les Chevaux, payez-moi de ma peine.»

Ainsi certaines gens faisant les empressés
    S'introduisent dans les affaires :   30
    Ils font partout les nécessaires ;
Et, partout importuns, devraient être chassés[1].

FABLE IX

La Laitière et le Pot au lait

Perrette, sur sa tête ayant un Pot au lait
    Bien posé sur un coussinet,
Prétendait arriver sans encombre à la ville.
Légère et court vêtue elle allait à grands pas ;
Ayant mis ce jour-là pour être plus agile   5
    Cotillon simple, et souliers plats.
    Notre Laitière ainsi troussée
    Comptait déjà dans sa pensée
Tout le prix de son lait, en employait l'argent,
Achetait un cent d'œufs, faisait triple couvée ;   10
La chose allait à bien par son soin diligent.
    «Il m'est, disait-elle, facile
D'élever des poulets autour de ma maison :

---

1. Source : Phèdre.

       Le Renard sera bien habile,
15 S'il ne m'en laisse assez pour avoir un cochon.
    Le porc à s'engraisser coûtera peu de son ;
    Il était quand je l'eus de grosseur raisonnable ;
    J'aurai le revendant de l'argent bel et bon ;
    Et qui m'empêchera de mettre en notre étable,
20 Vu le prix dont il est, une vache et son veau,
    Que je verrai sauter au milieu du troupeau ? »
    Perrette là-dessus saute aussi, transportée.
    Le lait tombe ; adieu veau, vache, cochon, couvée ;
    La Dame de ces biens, quittant d'un œil marri
25   Sa fortune ainsi répandue,
       Va s'excuser à son mari
       En grand danger d'être battue.
       Le récit en farce en fut fait ;
       On l'appela le Pot au lait[1].

30   Quel esprit ne bat la campagne ?
       Qui ne fait châteaux en Espagne ?
    Picrochole[2], Pyrrhus[3], la Laitière, enfin tous,
       Autant les sages que les fous ?
    Chacun songe en veillant, il n'est rien de plus doux :
    Une flatteuse erreur emporte alors nos âmes :
35   Tout le bien du monde est à nous,
       Tous les honneurs, toutes les femmes.

---

1. La Fontaine se souvient ici du *Gargantua* de Rabelais (chap. XXXIII), où un vieillard compare les rêves de conquête du mégalomane Picrochole à ceux d'un cordonnier qui « se faisait riche par rêverie ».
2. Le seigneur outrecuidant du *Gargantua* de Rabelais.
3. Roi d'Épire, porté aux rêves grandioses et vains.

Quand je suis seul, je fais au plus brave un défi ;
Je m'écarte[1], je vais détrôner le Sophi[2] ;
   On m'élit roi, mon peuple m'aime ;
Les diadèmes vont sur ma tête pleuvant :   40
Quelque accident fait-il que je rentre en moi-même ;
   Je suis gros Jean comme devant[3].

FABLE XI

L'Homme qui court après la Fortune,
et l'Homme qui l'attend dans son lit

   Qui ne court après la Fortune ?
Je voudrais être en lieu d'où je pusse aisément
   Contempler la foule importune
   De ceux qui cherchent vainement
Cette fille du sort de Royaume en Royaume,   5
Fidèles courtisans d'un volage fantôme.
   Quand ils sont près du bon moment,
L'inconstante aussitôt à leurs désirs échappe :
Pauvres gens, je les plains, car on a pour les fous

1. Je m'égare.
2. Nom ancien du très puissant roi de Perse.
3. Sources : orientales, et aussi les conteurs français du xvie siècle (Rabelais, Bonaventure des Périers). Mais c'est la fable de La Fontaine qui a transformé l'expression *pot au lait* en expression proverbiale au sens d'espérance chimérique.

10   Plus de pitié que de courroux.
     « Cet homme, disent-ils, était planteur de choux,
          Et le voilà devenu Pape :
     Ne le valons-nous pas ? » Vous valez cent fois mieux ;
          Mais que[1] vous sert votre mérite ?
15   La Fortune a-t-elle des yeux[2] ?
     Et puis la papauté vaut-elle ce qu'on quitte,
     Le repos, le repos, trésor si précieux
     Qu'on en faisait jadis le partage[3] des Dieux ?
     Rarement la Fortune à ses hôtes le laisse.
20   Ne cherchez point cette Déesse,
     Elle vous cherchera ; son sexe en use ainsi.
     Certain couple d'amis en un bourg établi,
     Possédait quelque bien : l'un soupirait sans cesse
          Pour la Fortune ; il dit à l'autre un jour :
25   « Si nous quittions notre séjour ?
          Vous savez que nul n'est prophète
     En son pays[4] : cherchons notre aventure[5] ailleurs.
     — Cherchez, dit l'autre ami, pour moi je ne souhaite
          Ni climats ni destins meilleurs.
30   Contentez-vous ; suivez votre humeur inquiète ;
     Vous reviendrez bientôt. Je fais vœu cependant
          De dormir en vous attendant. »

1. *Que* : à quoi.
2. La Fortune est toujours représentée avec un bandeau sur les yeux.
3. *Partage* : lot, et, en l'occurrence, privilège.
4. Formule proverbiale qu'on trouve notamment dans l'Évangile de Luc (IV, 24).
5. *Aventure* : ce qui arrive inopinément, et peut satisfaire notre goût du nouveau.

L'ambitieux, ou, si l'on veut, l'avare[1],
   S'en va par voie et par chemin.
   Il arriva le lendemain   35
En un lieu que devait la Déesse bizarre
Fréquenter sur tout autre[2], et ce lieu c'est la cour.
Là donc pour quelque temps il fixe son séjour,
Se trouvant au coucher, au lever, à ces heures
   Que l'on sait être les meilleures[3],   40
Bref, se trouvant à tout, et n'arrivant à rien.
« Qu'est ceci ? se dit-il ; cherchons ailleurs du bien.
La Fortune pourtant habite ces demeures.
Je la vois tous les jours entrer chez celui-ci,
   Chez celui-là ; d'où vient qu'aussi   45
Je ne puis héberger cette capricieuse ?
On me l'avait bien dit, que des gens de ce lieu
L'on n'aime pas toujours l'humeur ambitieuse.
Adieu, Messieurs de cour ; Messieurs de cour, adieu :
Suivez jusques au bout une ombre qui vous flatte.   50
La Fortune a, dit-on, des temples à Surate[4] ;
Allons là. » Ce fut un[5] de dire et s'embarquer.
Âmes de bronze, humains, celui-là fut sans doute
Armé de diamant, qui tenta cette route,
Et le premier osa l'abîme défier.   55

---

1. *Avare* : sens latin : ambitieux, cupide.
2. *Sur tout autre* : plus que tout autre.
3. Le coucher, le lever du roi, cérémonies de cour auxquelles c'était un privilège insigne d'être admis.
4. *Surate* : port important sur la côte de l'Inde.
5. Ce fut tout un.

Celui-ci pendant son voyage
Tourna les yeux vers son village
Plus d'une fois, essuyant les dangers
Des pirates, des vents, du calme et des rochers,
60   Ministres de la mort. Avec beaucoup de peines
On s'en va la chercher en des rives lointaines,
La trouvant assez tôt sans quitter la maison.
L'homme arrive au Mogol[1], on lui dit qu'au Japon
La Fortune pour lors distribuait ses grâces.
65   Il y court ; les mers étaient lasses
De le porter ; et tout le fruit
Qu'il tira de ses longs voyages,
Ce fut cette leçon que donnent les sauvages :
Demeure en ton pays, par la nature instruit.
70   Le Japon ne fut pas plus heureux à cet homme
Que le Mogol l'avait été ;
Ce qui lui fit conclure en somme,
Qu'il avait à grand tort son village quitté.
Il renonce aux courses ingrates,
75   Revient en son pays, voit de loin ses pénates[2],
Pleure de joie, et dit : « Heureux qui vit chez soi ;
De régler ses désirs faisant tout son emploi.
Il ne sait que par ouï-dire
Ce que c'est que la cour, la mer, et ton empire,
80   Fortune, qui nous fais passer devant les yeux

---

1. Le Mogol était l'une des plus puissantes principautés musulmanes de l'Inde.
2. Dieux domestiques chez les Romains.

Des dignités, des biens, que jusqu'au bout du monde
On suit, sans que l'effet aux promesses réponde.
Désormais je ne bouge, et ferai cent fois mieux.»
    En raisonnant de cette sorte,
Et contre la Fortune ayant pris ce conseil[1],   85
    Il la trouve assise à la porte
De son ami plongé dans un profond sommeil[2].

FABLE XII

Les Deux Coqs

Deux Coqs vivaient en paix ; une Poule survint,
    Et voilà la guerre allumée.
Amour, tu perdis Troie ; et c'est de toi que vint
    Cette querelle envenimée,
Où du sang des Dieux même on vit le Xanthe teint[3].   5
Longtemps entre nos Coqs le combat se maintint.
Le bruit s'en répandit par tout le voisinage.

  1. *Conseil* : décision, résolution.
  2. Source : pas de source connue. La manière de ce conte, développé et un peu nonchalant, est plutôt orientale.
  3. Les six premiers vers font référence à l'*Iliade*, l'épopée homérique, évidemment parodiée (c'est ce qu'on appelle le style héroï-comique), puisqu'il s'agit ici d'une querelle de basse-cour. On sait que l'enlèvement d'Hélène (voir ci-dessous, v. 9) par le Troyen Pâris fut la cause de l'expédition que les Grecs menèrent contre Troie, et qui fut l'occasion de combats furieux, sous les murs de la ville, et notamment sur les bords du fleuve Xanthe (v. 5) ou Scamandre.

La gent qui porte crête au spectacle accourut.
    Plus d'une Hélène au beau plumage
10 Fut le prix du vainqueur ; le vaincu disparut.
    Il alla se cacher au fond de sa retraite,
      Pleura sa gloire et ses amours[1],
Ses amours qu'un rival tout fier de sa défaite
Possédait à ses yeux. Il voyait tous les jours
15 Cet objet[2] rallumer sa haine et son courage.
Il aiguisait son bec, battait l'air et ses flancs[3],
      Et s'exerçant contre les vents
      S'armait d'une jalouse rage.
Il n'en eut pas besoin. Son vainqueur sur les toits
20   S'alla percher, et chanter sa victoire[4].
      Un Vautour entendit sa voix :
      Adieu les amours et la gloire.
Tout cet orgueil périt sous l'ongle du Vautour.
      Enfin, par un fatal retour,
25   Son rival autour de la Poule
      S'en revint faire le coquet[5] :
      Je laisse à penser quel caquet,

---

1. *Sa gloire et ses amours* : les deux raisons de vivre, et de mourir, d'un héros ou d'un chevalier. Au vers 22, La Fontaine s'amuse à reprendre les deux mots, mais dans l'ordre inverse.

2. *Objet* : ce que l'on regarde. Ici, la poule, que le coq malheureux ne quitte pas des yeux.

3. Voir le cochet dans VI, v, *Le Cochet, le Chat, et le Souriceau*, v. 18.

4. La brusque intrusion d'un vers de dix syllabes (décasyllabe), dans un poème où jusque-là n'alternaient que des alexandrins et des octosyllabes, est l'annonce, auditive, du revirement de la Fortune.

5. *Coquet* : cet adjectif est précisément un diminutif de coq.

Car il eut des femmes en foule[1],
La Fortune se plaît à faire de ces coups.
Tout vainqueur insolent à sa perte travaille.   30
Défions-nous du sort, et prenons garde à nous,
    Après le gain d'une bataille[2].

FABLE XV

Le Chat, la Belette, et le Petit Lapin

    Du palais d'un jeune Lapin
    Dame Belette un beau matin
    S'empara ; c'est une rusée.
Le Maître étant absent, ce lui fut chose aisée.
Elle porta chez lui ses pénates[3] un jour   5
Qu'il était allé faire à l'Aurore sa cour,
    Parmi le thym et la rosée.
Après qu'il eut brouté, trotté, fait tous ses tours,
Janot Lapin retourne aux souterrains séjours.
La Belette avait mis le nez à la fenêtre.   10
« Ô Dieux hospitaliers, que vois-je ici paraître ?
Dit l'animal chassé du paternel logis :
    Ô là, Madame la Belette,

1. Les poules deviennent des femmes : une pointe de misogynie railleuse chez La Fontaine.
2. Source : Ésope.
3. *Pénates* : dieux domestiques chez les Romains.

Que l'on déloge sans trompette,
15   Ou je vais avertir tous les rats du pays.»
La Dame au nez pointu répondit que la terre
        Était au premier occupant.
        C'était un beau sujet de guerre
Qu'un logis où lui-même il n'entrait qu'en rampant.
20   «Et quand ce serait un Royaume
Je voudrais bien savoir, dit-elle, quelle loi
        En a pour toujours fait l'octroi
À Jean, fils ou neveu de Pierre ou de Guillaume,
        Plutôt qu'à Paul, plutôt qu'à moi.»
25   Jean Lapin allégua la coutume et l'usage.
«Ce sont, dit-il, leurs lois qui m'ont de ce logis
Rendu maître et seigneur, et qui de père en fils,
L'ont de Pierre à Simon, puis à moi Jean transmis.
Le premier occupant est-ce une loi plus sage?
30   — Or bien sans crier davantage,
Rapportons-nous, dit-elle, à Raminagrobis[1].»
C'était un chat vivant comme un dévot ermite,
        Un chat faisant la chattemite[2],
Un saint homme de chat, bien fourré, gros et gras,
35   Arbitre expert sur tous les cas.
        Jean Lapin pour juge l'agrée.
        Les voilà tous deux arrivés
        Devant sa majesté fourrée.

---

1. Nom donné par Rabelais (*Tiers Livre*) à un personnage arrogant et prétentieux.
2. *Chattemite* : hypocrite, doucereux.

Grippeminaud[1] leur dit : « Mes enfants, approchez,
Approchez ; je suis sourd ; les ans en sont la cause. »   40
L'un et l'autre approcha ne craignant nulle chose.
Aussitôt qu'à portée il vit les contestants,
        Grippeminaud le bon apôtre,
Jetant des deux côtés la griffe en même temps,
Mit les plaideurs d'accord en croquant l'un et l'autre.   45
Ceci ressemble fort aux débats qu'ont parfois
Les petits souverains se rapportants aux Rois[2].

LIVRE HUITIÈME

FABLE I

La Mort et le Mourant

    La mort ne surprend point le sage :
    Il est toujours prêt à partir,
    S'étant su lui-même avertir
Du temps où l'on se doit résoudre à ce passage.
    Ce temps, hélas ! embrasse tous les temps :   5

---

1. Nom emprunté encore à Rabelais, qui désigne ainsi l'« archiduc des Chats-fourrés » (*Cinquième Livre*).
2. Source : Pilpay. — Une satire de la justice, proche par le ton, se retrouve dans *L'Huître et les Plaideurs* (IX, ix).

Qu'on le partage en jours, en heures, en moments,
    Il n'en est point qu'il ne comprenne
Dans le fatal tribut ; tous sont de son domaine ;
Et le premier instant où les enfants des Rois
10   Ouvrent les yeux à la lumière,
        Est celui qui vient quelquefois
        Fermer pour toujours leur paupière.
        Défendez-vous par la grandeur,
Alléguez la beauté, la vertu, la jeunesse,
15   La mort ravit tout sans pudeur.
Un jour le monde entier accroîtra sa richesse.
        Il n'est rien de moins ignoré,
        Et puisqu'il faut que je le die[1],
        Rien où l'on soit moins préparé.
20 Un mourant qui comptait plus de cent ans de vie,
Se plaignait à la mort que précipitamment
Elle le contraignait de partir tout à l'heure[2],
        Sans qu'il eût fait son testament,
Sans l'avertir au moins. «Est-il juste qu'on meure
25 Au pied levé ? dit-il : attendez quelque peu.
Ma femme ne veut pas que je parte sans elle ;
Il me reste à pourvoir un arrière-neveu ;
Souffrez qu'à mon logis j'ajoute encore une aile.
Que vous êtes pressante, ô Déesse cruelle !
30 — Vieillard, lui dit la mort, je ne t'ai point surpris.
Tu te plains sans raison de mon impatience.

1. Forme ancienne du subjonctif pour : *dise*.
2. Dans l'heure, sur-le-champ.

Eh n'as-tu pas cent ans ? trouve-moi dans Paris
Deux mortels aussi vieux, trouve-m'en dix en France.
Je devais, ce dis-tu, te donner quelque avis
    Qui te disposât à la chose :   35
  J'aurais trouvé ton testament tout fait,
Ton petit-fils pourvu, ton bâtiment parfait ;
Ne te donna-t-on pas des avis quand la cause
    Du marcher et du mouvement,
    Quand les esprits, le sentiment,   40
Quand tout faillit en toi ? Plus de goût, plus d'ouïe :
Toute chose pour toi semble être évanouie :
Pour toi l'astre du jour prend des soins superflus :
Tu regrettes des biens qui ne te touchent plus.
    Je t'ai fait voir tes camarades,   45
    Ou morts, ou mourants, ou malades.
Qu'est-ce que tout cela, qu'un avertissement ?
    Allons, vieillard, et sans réplique ;
    Il n'importe à la république [1]
    Que tu fasses ton testament. »   50
La mort avait raison ; je voudrais qu'à cet âge
On sortît de la vie ainsi que d'un banquet,
Remerciant son hôte, et qu'on fît son paquet ;
Car de combien peut-on retarder le voyage ?
Tu murmures vieillard ; vois ces jeunes mourir,   55
    Vois-les marcher, vois-les courir
À des morts, il est vrai, glorieuses et belles,
Mais sûres cependant, et quelquefois cruelles.

---

1. Société, communauté publique.

J'ai beau te le crier ; mon zèle est indiscret[1] :
60   Le plus semblable aux morts meurt le plus à regret[2].

FABLE II

Le Savetier et le Financier

Un Savetier chantait du matin jusqu'au soir :
        C'était merveilleux de le voir,
Merveilles de l'ouïr ; il faisait des passages[3],
        Plus content qu'aucun des sept sages[4].
5   Son voisin au contraire, étant tout cousu d'or,
        Chantait peu, dormait moins encor.
        C'était un homme de finance.
Si sur le point du jour parfois il sommeillait,
Le Savetier alors en chantant l'éveillait,
10   Et le Financier se plaignait,
        Que les soins de la Providence

---

1. Importun, mal reçu.
2. Source : Abstemius. — Plus qu'une fable, cette pièce est une allé-gorie philosophique ; remarquer l'ampleur du prologue (v. 1-19). À rap-procher du chapitre de Montaigne (I, 20) : « Que philosopher c'est apprendre à mourir. » Montaigne et La Fontaine sont du reste nourris des mêmes textes : le *De Natura Rerum* du Latin Lucrèce, et *L'Ecclésiaste* dans la Bible.
3. Terme de musique : intervalles qui forment une heureuse harmonie.
4. Sept personnages du VIᵉ siècle av. J.-C. — Thalès, Solon, Bias, Chi-lon, Cléobule, Pittacos, Périandre — réputés pour leur science et leur vertu.

N'eussent pas au marché fait vendre le dormir,
    Comme le manger et le boire.
    En son hôtel il fait venir
Le chanteur, et lui dit : « Or çà, sire Grégoire,   15
Que gagnez-vous par an ? — Par an ? ma foi Monsieur
    Dit avec un ton de rieur,
Le gaillard Savetier, ce n'est point ma manière
De compter de la sorte ; et je n'entasse guère
    Un jour sur l'autre : il suffit qu'à la fin   20
      J'attrape le bout de l'année :
      Chaque jour amène son pain.
— Eh bien que gagnez-vous, dites-moi, par journée ?
— Tantôt plus, tantôt moins : le mal est que toujours
(Et sans cela nos gains seraient assez honnêtes),   25
Le mal est que dans l'an s'entremêlent des jours
    Qu'il faut chômer ; on nous ruine en Fêtes.
L'une fait tort à l'autre ; et Monsieur le Curé
De quelque nouveau Saint charge toujours son prône[1]. »
Le Financier riant de sa naïveté,   30
Lui dit : « Je vous veux mettre aujourd'hui sur le trône.
Prenez ces cent écus : gardez-les avec soin,
    Pour vous en servir au besoin. »
Le Savetier crut voir tout l'argent que la terre
    Avait depuis plus de cent ans   35
    Produit pour l'usage des gens.
Il retourne chez lui ; dans sa cave il enserre

---

1. *Prône* : les recommandations que le prêtre adresse aux fidèles à l'issue de la messe le dimanche.

L'argent et sa joie à la fois.
Plus de chant; il perdit la voix
40 Du moment qu'il gagna ce qui cause nos peines.
Le sommeil quitta son logis,
Il eut pour hôtes les soucis,
Les soupçons, les alarmes vaines.
Tout le jour il avait l'œil au guet; et la nuit,
45 Si quelque chat faisait du bruit,
Le chat prenait l'argent : à la fin le pauvre homme
S'en courut chez celui qu'il ne réveillait plus.
« Rendez-moi, lui dit-il, mes chansons et mon somme,
Et reprenez vos cent écus[1]. »

FABLE VI

Les Femmes et le Secret

Rien ne pèse tant qu'un secret;
Le porter loin est difficile aux Dames :
Et je sais même sur ce fait
Bon nombre d'hommes qui sont femmes.
5 Pour éprouver la sienne un mari s'écria
La nuit étant près d'elle : « Ô dieux ! qu'est-ce cela ?
Je n'en puis plus ; on me déchire ;
Quoi ! j'accouche d'un œuf ! — D'un œuf ? — Oui, le
[voilà

---

1. Sources : Horace et Bonaventure des Périers.

Frais et nouveau pondu : gardez bien de le dire :
On m'appellerait poule. Enfin n'en parlez pas. »   1(

    La femme neuve sur ce cas [1],
    Ainsi que sur mainte autre affaire,
Crut la chose, et promit ses grands dieux de se taire.
    Mais ce serment s'évanouit
    Avec les ombres de la nuit.   15
    L'épouse indiscrète [2] et peu fine,
Sort du lit quand le jour fut à peine levé :
    Et de courir chez sa voisine.
« Ma commère, dit-elle, un cas est arrivé :
N'en dites rien surtout, car vous me feriez battre.   20
Mon mari vient de pondre un œuf gros comme quatre.
    Au nom de Dieu gardez-vous bien
    D'aller publier [3] ce mystère.
— Vous moquez-vous ? dit l'autre. Ah, vous ne savez
                       [guère
    Quelle je suis. Allez, ne craignez rien. »   25
La femme du pondeur s'en retourne chez elle.
L'autre grille déjà de conter la nouvelle :
Elle va la répandre en plus de dix endroits.
    Au lieu d'un œuf elle en dit trois.
Ce n'est pas encor tout, car une autre commère   30

   1. Naïve, ignorante sur ce sujet.
   2. *Indiscrète* : le sens le plus courant, au XVIIe siècle, est : qui manque de discernement, de jugement, d'intelligence. Mais, comme le *peu fine* qui suit a aussi ce sens, il vaut sans doute mieux donner à *indiscrète* le sens moderne, déjà attesté au XVIIe siècle, de : qui manque de retenue, qui ne sait pas tenir un secret.
   3. Rendre public, divulguer.

En dit quatre, et raconte à l'oreille le fait,
　　　Précaution peu nécessaire,
　　　Car ce n'était plus un secret.
Comme le nombre d'œufs, grâce à la renommée,
35　　　De bouche en bouche allait croissant,
　　　Avant la fin de la journée
　　　Ils se montaient à plus d'un cent[1].

FABLE IX

Le Rat et l'Huître

Un Rat hôte d'un champ, Rat de peu de cervelle,
Des Lares paternels un jour se trouva soûl.
Il laisse là le champ, le grain, et la javelle[2],
Va courir le pays, abandonne son trou.
5　　Sitôt qu'il fut hors de la case,
«Que le monde, dit-il, est grand et spacieux!
Voilà les Apennins, et voici le Caucase»:
La moindre taupinée[3] était mont à ses yeux.

---

　1. Source : Abstemius. — Plus que d'une fable, il s'agit d'un conte dans la tradition «gauloise», qui est aussi celle des fabliaux du Moyen Âge, et dans laquelle on s'amuse souvent aux dépens des femmes. Remarquer cependant que La Fontaine prend galamment ses distances à l'égard de cette tradition misogyne (v. 3-4).

　2. *Javelle* : poignée de tiges de blé abandonnées dans les champs par les moissonneurs.

　3. Taupinière.

Au bout de quelques jours le voyageur arrive
En un certain canton où Téthys[1] sur la rive   10
Avait laissé mainte Huître ; et notre Rat d'abord
Crut voir en les voyant des vaisseaux de haut bord.
« Certes, dit-il, mon père était un pauvre sire :
Il n'osait voyager, craintif au dernier point :
Pour moi, j'ai déjà vu le maritime empire :   15
J'ai passé les déserts, mais nous n'y bûmes point. »
D'un certain magister le Rat tenait ces choses,
     Et les disait à travers champs[2] ;
N'étant pas de ces Rats qui les livres rongeants
     Se font savants jusques aux dents.   20
     Parmi tant d'Huîtres toutes closes,
Une s'était ouverte, et bâillant au Soleil,
     Par un doux Zéphir réjouie,
Humait l'air, respirait, était épanouie,
Blanche, grasse, et d'un goût à la voir nonpareil.   25
D'aussi loin que le Rat voit cette Huître qui bâille :
« Qu'aperçois-je ? dit-il, c'est quelque victuaille ;
Et, si je ne me trompe à la couleur du mets,
Je dois faire aujourd'hui bonne chère, ou jamais. »
Là-dessus maître Rat plein de belle espérance,   30
Approche de l'écaille, allonge un peu le cou,
Se sent pris comme aux lacs[3] : car l'Huître tout d'un
                                  [coup
Se referme, et voilà ce que fait l'ignorance.

1. Déesse de la mer.
2. À tort et à travers.
3. Lacet, piège.

Cette Fable contient plus d'un enseignement.
35   Nous y voyons premièrement :
Que ceux qui n'ont du monde aucune expérience
Sont aux moindres objets frappés d'étonnement :
      Et puis nous y pouvons apprendre,
      Quel tel est pris qui croyait prendre[1].

FABLE XI

Les Deux Amis

Deux vrais amis vivaient au Monomotapa[2] :
L'un ne possédait rien qui n'appartînt à l'autre :
      Les amis de ce pays-là
      Valent bien, dit-on, ceux du nôtre.
5   Une nuit que chacun s'occupait au sommeil,
Et mettait à profit l'absence du Soleil,
Un de nos deux Amis sort du lit en alarme :
Il court chez son intime, éveille les valets ;

---

1. Source : probablement des recueils de récits ésopiques publiés aux Pays-Bas (en latin), à la fin du xvie siècle. — Comme dans *Le Lion et le Moucheron* (II, ix), La Fontaine semble prendre plaisir à ouvrir plusieurs pistes à la réflexion du lecteur pour la recherche d'une « moralité ». Peut-être une façon de laisser entendre que le récit est plus intéressant et suggestif en soi que la formule abstraite qu'on cherche à en tirer.

2. *Monomotapa* : contrée de l'empire portugais d'Afrique Australe, le long du canal de Mozambique.

Morphée[1] avait touché le seuil de ce palais.
L'Ami couché s'étonne, il prend sa bourse, il s'arme ;   10
Vient trouver l'autre, et dit : « Il vous arrive peu
De courir quand on dort ; vous me paraissiez homme
À mieux user du temps destiné pour le somme :
N'auriez-vous point perdu tout votre argent au jeu ?
En voici : s'il vous est venu quelque querelle,   15
J'ai mon épée, allons. Vous ennuyez-vous point
De coucher toujours seul ? une esclave assez belle
Était à mes côtés : voulez-vous qu'on l'appelle ?
— Non, dit l'ami, ce n'est ni l'un ni l'autre point :
    Je vous rends grâce de ce zèle.   20
Vous m'êtes en dormant un peu triste apparu ;
J'ai craint qu'il ne fût vrai, je suis vite accouru.
    Ce maudit songe en est la cause. »
Qui d'eux aimait le mieux ? que t'en semble, Lecteur ?
Cette difficulté vaut bien qu'on la propose.   25
Qu'un ami véritable est une douce chose.
Il cherche vos besoins au fond de votre cœur ;
    Il vous épargne la pudeur
    De les lui découvrir vous-même.
    Un songe, un rien, tout lui fait peur   30
    Quand il s'agit de ce qu'il aime[2].

---

1. *Morphée* : dieu du sommeil et du rêve.
2. Source : Pilpay.

FABLE XIV

Les Obsèques de la Lionne

La femme du Lion mourut :
Aussitôt chacun accourut
Pour s'acquitter envers le Prince
De certains compliments de consolation,
5   Qui sont surcroît d'affliction.
Il fit avertir sa Province
Que les obsèques se feraient
Un tel jour, en tel lieu ; ses Prévôts[1] y seraient
Pour régler la cérémonie,
10   Et pour placer la compagnie.
Jugez si chacun s'y trouva.
Le Prince aux cris s'abandonna,
Et tout son antre en résonna.
Les Lions n'ont point d'autre temple.
15   On entendit à son exemple
Rugir en leurs patois Messieurs les Courtisans.
Je définis la cour un pays où les gens,
Tristes, gais, prêts à tout, à tout indifférents,
Sont ce qu'il plaît au Prince, ou s'ils ne peuvent l'être,
20   Tâchent au moins de le paraître,
Peuple caméléon, peuple singe du maître ;
On dirait qu'un esprit anime mille corps ;

---

1. Officiers qui ont le soin des cérémonies de cour.

C'est bien là que les gens sont de simples ressorts.
    Pour revenir à notre affaire
Le Cerf ne pleura point, comment eût-il pu faire ?   25
Cette mort le vengeait ; la Reine avait jadis
    Étranglé sa femme et son fils.
Bref il ne pleura point. Un flatteur l'alla dire,
    Et soutint qu'il l'avait vu rire.
La colère du Roi, comme dit Salomon[1],   30
Est terrible, et surtout celle du Roi Lion :
Mais ce Cerf n'avait pas accoutumé de lire.
Le Monarque lui dit : « Chétif hôte des bois
Tu ris, tu ne suis pas ces gémissantes voix.
Nous n'appliquerons point sur tes membres profanes   35
    Nos sacrés ongles ; venez Loups,
    Vengez la Reine, immolez tous
    Ce traître à ses augustes mânes[2]. »
Le Cerf reprit alors : « Sire, le temps de pleurs
Est passé ; la douleur est ici superflue.   40
Votre digne moitié couchée entre des fleurs,
    Tout près d'ici m'est apparue ;
    Et je l'ai d'abord reconnue.
« Ami, m'a-t-elle dit, garde que ce convoi,
« Quand je vais chez les Dieux, ne t'oblige à des larmes.   45
« Aux Champs Élysiens[3] j'ai goûté mille charmes,
« Conversant avec ceux qui sont saints comme moi.

---

1. Allusion à une parole de Salomon, roi d'Israël, auteur présumé du livre des *Proverbes* dans la Bible.
2. *Mânes* : âmes des ancêtres décédés.
3. Pour les Anciens, lieu de séjour des âmes bienheureuses.

« Laisse agir quelque temps le désespoir du Roi.
« J'y prends plaisir. » À peine on eut ouï la chose,
50   Qu'on se mit à crier : « Miracle, apothéose[1]. »
Le Cerf eut un présent, bien loin d'être puni.
            Amusez les Rois par des songes,
Flattez-les, payez-les d'agréables mensonges,
Quelque indignation dont leur cœur soit rempli,
55   Ils goberont l'appât, vous serez leur ami[2].

FABLE XXII

Le Chat et le Rat

Quatre animaux divers, le Chat grippe-fromage,
Triste-oiseau le Hibou, Rongemaille le Rat,
            Dame Belette au long corsage,
            Toutes gens d'esprit scélérat,
5   Hantaient le tronc pourri d'un pin vieux et sauvage.
Tant y furent qu'un soir à l'entour de ce pin
L'homme tendit ses rets[3]. Le Chat de grand matin
            Sort pour aller chercher sa proie.
Les derniers traits de l'ombre empêchent qu'il ne voie

---

1. *Apothéose* : élévation, déification d'un souverain ou d'un héros dans l'Antiquité.
2. Source : Abstemius. — À rapprocher des *Animaux malades de la peste* (VII, I), et de *La Cour du Lion* (VII, VI).
3. *Rets* : filets, pièges.

Le filet ; il y tombe, en danger de mourir :   10
Et mon Chat de crier, et le Rat d'accourir,
L'un plein de désespoir, et l'autre plein de joie.
Il voyait dans les lacs[1] son mortel ennemi.
     Le pauvre Chat dit : «Cher ami,
     Les marques de ta bienveillance   15
     Sont communes en mon endroit[2].
Viens m'aider à sortir du piège où l'ignorance
     M'a fait tomber. C'est à bon droit
Que seul entre les tiens par amour singulière
Je t'ai toujours choyé, t'aimant comme mes yeux.   20
Je n'en ai point regret, et j'en rends grâce aux Dieux.
     J'allais leur faire ma prière ;
Comme tout dévot Chat en use les matins.
Ce réseau me retient ; ma vie est en tes mains :
Viens dissoudre ces nœuds. — Et quelle récompense   25
     En aurai-je ? reprit le Rat.
     — Je jure éternelle alliance
     Avec toi, repartit le Chat.
Dispose de ma griffe, et sois en assurance :
Envers et contre tous je te protégerai,   30
     Et la Belette mangerai
     Avec l'époux de la Chouette.
Ils t'en veulent tous deux.» Le Rat dit : «Idiot !
Moi ton libérateur ? Je ne suis pas si sot.»
     Puis il s'en va vers sa retraite.   35

1. Lacets, piège.
2. À mon égard.

La Belette était près du trou.
Le Rat grimpe plus haut ; il y voit le Hibou :
Dangers de toutes parts ; le plus pressant l'emporte.
Rongemaille retourne au Chat, et fait en sorte
40   Qu'il détache un chaînon, puis un autre, et puis tant
          Qu'il dégage enfin l'hypocrite.
          L'homme paraît en cet instant.
Les nouveaux alliés prennent tous deux la fuite.
À quelque temps de là, notre Chat vit de loin
45   Son Rat qui se tenait à l'erte[1] et sur ses gardes.
« Ah ! mon frère, dit-il, viens m'embrasser ; ton soin
          Me fait injure ; tu regardes
          Comme ennemi ton allié.
          Penses-tu que j'aie oublié
50   Qu'après Dieu je te dois la vie ?
— Et moi, reprit le Rat, penses-tu que j'oublie
          Ton naturel ? aucun traité
Peut-il forcer un Chat à la reconnaissance ?
          S'assure-t-on sur l'alliance
55   Qu'a faite la nécessité[2] ? »

1. Francisation de l'italien : *all'erta*, sur la hauteur, donc à son poste de guet. D'où le mot français *alerte*.
2. Source : le Père Poussines.

LIVRE NEUVIÈME

FABLE II

Les Deux Pigeons

Deux Pigeons s'aimaient d'amour tendre :
L'un d'eux s'ennuyant au logis
Fut assez fou pour entreprendre
Un voyage en lointain pays.
L'autre lui dit : « Qu'allez-vous faire ?   5
Voulez-vous quitter votre frère ?
L'absence est le plus grand des maux :
Non pas pour vous, cruel : au moins que les travaux,
Les dangers, les soins du voyage,
Changent un peu votre courage[1].   10
Encor si la saison s'avançait davantage !
Attendez les zéphyrs[2] : qui vous presse ? un Corbeau
Tout à l'heure annonçait malheur à quelque oiseau.
Je ne songerai plus que rencontre funeste,
Que Faucons, que réseaux[3]. « Hélas, dirai-je, il pleut :   15
    « Mon frère a-t-il tout ce qu'il veut,
    « Bon soupé, bon gîte, et le reste ? »

1. Résolution, détermination.
2. Les vents du printemps, de la belle saison.
3. Filets à oiseaux.

Ce discours ébranla le cœur
De notre imprudent voyageur ;
20　Mais le désir de voir et l'humeur inquiète
L'emportèrent enfin. Il dit : « Ne pleurez point :
Trois jours au plus rendront mon âme satisfaite ;
Je reviendrai dans peu conter de point en point
　　Mes aventures à mon frère.
25　Je le désennuierai : quiconque ne voit guère
N'a guère à dire aussi. Mon voyage dépeint
　　Vous sera d'un plaisir extrême.
Je dirai : « J'étais là ; telle chose m'avint[1] »,
　　Vous y croirez être vous-même. »
30　À ces mots en pleurant ils se dirent adieu.
Le voyageur s'éloigne ; et voilà qu'un nuage
L'oblige de chercher retraite en quelque lieu.
Un seul arbre s'offrit, tel encor que l'orage
Maltraita le Pigeon en dépit du feuillage.
35　L'air devenu serein il part tout morfondu,
Sèche du mieux qu'il peut son corps chargé de pluie,
Dans un champ à l'écart voit du blé répandu,
Voit un Pigeon auprès, cela lui donne envie :
Il y vole, il est pris ; ce blé couvrait d'un las[2]
40　　　Les menteurs et traîtres appas.
Le las était usé ; si bien que de son aile,
De ses pieds, de son bec, l'oiseau le rompt enfin ;
Quelque plume y périt ; et le pis du destin

1. Forme vieillie pour : *advint*.
2. Lacet, piège.

Fut qu'un certain Vautour à la serre cruelle
Vit notre malheureux qui, traînant la ficelle   45
Et les morceaux du las qui l'avait attrapé,
    Semblait un forçat échappé.
Le Vautour s'en allait le lier[1], quand des nues
Fond à son tour un Aigle aux ailes étendues.
Le Pigeon profita du conflit des voleurs,   50
S'envola, s'abattit auprès d'une masure,
    Crut, pour ce coup, que ses malheurs
    Finiraient par cette aventure :
Mais un fripon d'enfant, cet âge est sans pitié,
Prit sa fronde, et du coup tua plus d'à moitié   55
    La volatile malheureuse,
  Qui maudissant sa curiosité,
    Traînant l'aile, et tirant le pied,
    Demi-morte et demi-boiteuse,
    Droit au logis s'en retourna.   60
    Que bien que mal[2] elle arriva
    Sans autre aventure fâcheuse.
Voilà nos gens rejoints ; et je laisse à juger
De combien de plaisirs ils payèrent leurs peines.
Amants, heureux amants[3], voulez-vous voyager ?   65
    Que ce soit aux rives prochaines ;

    1. L'arrêter avec sa serre.
    2. Tant bien que mal.
    3. Ici se termine la fable proprement dite, sur la réunion heureuse des deux amants. Place maintenant à l'expression personnelle sous forme d'une élégie. On retrouvera un effet de ce genre dans *Le Songe d'un Habitant du Mogol* (XI, IV).

Soyez-vous l'un à l'autre un monde toujours beau,
    Toujours divers, toujours nouveau;
70 Tenez-vous lieu de tout, comptez pour rien le reste;
J'ai quelquefois aimé; je n'aurais pas alors,
    Contre le Louvre et ses trésors,
Contre le firmament et sa voûte céleste,
    Changé les bois, changé les lieux
75 Honorés par les pas, éclairés par les yeux
    De l'aimable et jeune bergère[1],
    Pour qui sous le fils de Cythère[2]
Je servis[3], engagé par mes premiers serments.
Hélas! quand reviendront de semblables moments?
80 Faut-il que tant d'objets[4] si doux et si charmants
Me laissent vivre au gré de mon âme inquiète?
Ah si mon cœur osait encor se renflammer!
Ne sentirai-je plus de charme qui m'arrête?
    Ai-je passé le temps d'aimer[5]?

1. Tradition «pastorale»: les jeunes gens qui s'aiment se déguisent volontiers en bergers et bergères.
2. Vénus, déesse et mère de l'Amour, résidait volontiers dans l'île de Cythère.
3. Dans la tradition de l'amour courtois, l'amant est le «serviteur» de la dame aimée, sa «maîtresse».
4. Mot qui désigne la, ou les personne(s) aimée(s).
5. Source: Pilpay.

FABLE IV

Le Gland et la Citrouille

Dieu fait bien ce qu'il fait. Sans en chercher la preuve
En tout cet Univers, et l'aller parcourant,
  Dans les Citrouilles je la treuve[1].
  Un villageois, considérant
Combien ce fruit est gros, et sa tige menue,   5
« À quoi songeait, dit-il, l'Auteur de tout cela ?
Il a bien mal placé cette Citrouille-là :
  Hé parbleu, je l'aurais pendue
  À l'un des chênes que voilà.
C'eût été justement l'affaire ;   10
  Tel fruit, tel arbre, pour bien faire.
C'est dommage, Garo, que tu n'es[2] point entré
Au conseil de celui que prêche ton Curé ;
Tout en eût été mieux ; car pourquoi par exemple
Le Gland, qui n'est pas gros comme mon petit doigt, 15
  Ne pend-il pas en cet endroit ?
  Dieu s'est mépris ; plus je contemple
Ces fruits ainsi placés, plus il semble à Garo
  Que l'on a fait un quiproquo. »

---

1. *Treuve* : pour *trouve*. Archaïsme (en l'occurrence commode pour la rime !) : dans l'ancienne langue, tout verbe ayant la diphtongue *ou* à l'infinitif la changeait en la diphtongue *eu* à l'indicatif (voir : mouvoir, pouvoir, mourir, etc.).
2. L'usage moderne exigerait ici le subjonctif : *sois*.

20   Cette réflexion embarrassant notre homme :
     « On ne dort point, dit-il, quand on a tant d'esprit. »
     Sous un chêne aussitôt il va prendre son somme.
     Un gland tombe ; le nez du dormeur en pâtit.
     Il s'éveille ; et portant la main sur son visage,
25   Il trouve encor le Gland pris au poil du menton.
     Son nez meurtri le force à changer de langage ;
     « Oh, oh, dit-il, je saigne ! et que serait-ce donc
     S'il fût tombé de l'arbre une masse plus lourde,
          Et que ce Gland eût été gourde[1] ?
30   Dieu ne l'a pas voulu : sans doute il eut raison ;
          J'en vois bien à présent la cause. »
          En louant Dieu de toute chose,
          Garo retourne à la maison[2].

FABLE IX

L'Huître et les Plaideurs

Un jour deux Pèlerins sur le sable rencontrent
Une Huître que le flot y venait d'apporter :
Ils l'avalent des yeux, du doigt ils se la montrent ;
À l'égard de la dent il fallut contester[3].

---

    1. *Gourde* : citrouille, potiron, courge, gourde sont une seule et même
chose.
    2. Source : directement, ou indirectement, le *Candelaio* de l'humaniste
italien Giordano Bruno (1550-1600).
    3. *Contester* : terme judiciaire : discuter comme dans un procès.

L'un se baissait déjà pour amasser[1] la proie ;
L'autre le pousse, et dit : « Il est bon de savoir
    Qui de nous en aura la joie.
Celui qui le premier a pu l'apercevoir
En sera le gobeur ; l'autre le verra faire.
    — Si par là l'on juge l'affaire,   10
Reprit son compagnon, j'ai l'œil bon, Dieu merci.
    — Je ne l'ai pas mauvais aussi,
Dit l'autre, et je l'ai vue avant vous sur ma vie.
— Eh bien ! vous l'avez vue, et moi je l'ai sentie. »
    Pendant tout ce bel incident,   15
Perrin Dandin[2] arrive : ils le prennent pour juge.
Perrin fort gravement ouvre l'Huître, et la gruge[3],
    Nos deux Messieurs le regardant.
Ce repas fait, il dit d'un ton de Président :
« Tenez, la Cour vous donne à chacun une écaille   20
Sans dépens, et qu'en paix chacun chez soi s'en aille. »
Mettez ce qu'il en coûte à plaider aujourd'hui ;
Comptez ce qu'il en reste à beaucoup de familles ;
Vous verrez que Perrin tire l'argent à lui,
Et ne laisse aux plaideurs que le sac et les quilles[4].   25

    1. Ramasser.
    2. Comme Racine dans sa comédie des *Plaideurs* (1669), La Fontaine emprunte ce nom à Rabelais (*Tiers Livre*).
    3. Avale, mange.
    4. Expression proverbiale : l'enjeu ayant été raflé par le juge, il ne reste aux plaideurs que les instruments du jeu. Source : peut-être Boileau (voir son *Épître* II). — Satire de la justice, à rapprocher du *Chat, la Belette, et le Petit Lapin* (VII, xv).

FABLE XIV

Le Chat et le Renard

Le Chat et le Renard comme beaux petits saints,
    S'en allaient en pèlerinage.
C'étaient deux vrais Tartufs[1], deux archipatelins[2],
Deux francs Patte-pelus[3] qui des frais du voyage,
5 Croquant mainte volaille, escroquant maint fromage,
    S'indemnisaient à qui mieux mieux.
Le chemin était long, et partant ennuyeux,
    Pour l'accourcir ils disputèrent.
    La dispute est d'un grand secours ;
10   Sans elle on dormirait toujours.
    Nos Pèlerins s'égosillèrent.
Ayant bien disputé, l'on parla du prochain.
    Le Renard au Chat dit enfin :
    « Tu prétends être fort habile :

---

1. Le *Tartuffe* de Molière date de 1669 : à peine dix ans plus tard, Tartuffe est devenu l'hypocrite par excellence.

2. Le succès de la *Farce de Maître Pathelin* (Pathelin est un avocat particulièrement rusé et malicieux) dans la deuxième moitié du xvᵉ siècle a été tel que le nom de Pathelin (ou Patelin) est devenu presque immédiatement un nom commun ou, comme ici, un adjectif.

3. La Fontaine accorde au masculin (ses deux héros sont masculins) un adjectif qui, étant composé à partir d'un nom féminin, est normalement au féminin : *patte-pelue*, c'est-à-dire, patte au poil doux, mais à la douceur duquel il serait bien imprudent de se fier. Le poète se souvient probablement de Rabelais et de ses *cagots* aux *pattes pelues* de l'*Ile sonnante* du *Cinquième Livre*.

En sais-tu tant que moi ? J'ai cent ruses au sac.   15
— Non, dit l'autre ; je n'ai qu'un tour dans mon bissac[1],
    Mais je soutiens qu'il en vaut mille. »
Eux de recommencer la dispute à l'envi.
Sur le que si, que non, tous deux étant ainsi,
    Une meute apaisa la noise[2].   20
Le Chat dit au Renard : « Fouille en ton sac, ami :
    Cherche en ta cervelle matoise
Un stratagème sûr : pour moi, voici le mien. »
À ces mots sur un arbre il grimpa bel et bien.
    L'autre fit cent tours inutiles,   25
Entra dans cent terriers, mit cent fois en défaut
    Tous les confrères de Brifaut[3].
    Partout il tenta des asiles ;
    Et ce fut partout sans succès ;
La fumée y pourvut ainsi que les bassets[4].   30
Au sortir d'un Terrier deux chiens aux pieds agiles
    L'étranglèrent du premier bond.
Le trop d'expédients peut gâter une affaire ;
On perd du temps au choix, on tente, on veut tout faire.
    N'en ayons qu'un, mais qu'il soit bon[5].   35

---

1. *Bissac* : sac à deux poches ; mais le chat n'a qu'un tour dans son sac !
2. *Noise* : querelle, discorde.
3. *Brifaut* : nom de chien (*brifer*, en vieux français, signifie : manger goulûment).
4. À la chasse, on enfume les terriers quand les chiens, même bassets, ne peuvent y pénétrer.
5. Sources : néo-latines (Gilbert Cousin, Jacques Régnier), et française (Guillaume Haudent).

FABLE XVII

Le Singe et le Chat

Bertrand avec Raton, l'un Singe, et l'autre Chat,
Commensaux[1] d'un logis, avaient un commun Maître.
D'animaux malfaisants c'était un très bon plat[2] ;
Ils n'y[3] craignaient tous deux aucun, quel qu'il pût être.
5   Trouvait-on quelque chose au logis de gâté ?
L'on ne s'en prenait point aux gens du voisinage.
Bertrand dérobait tout ; Raton de son côté
Était moins attentif aux souris qu'au fromage.
Un jour au coin du feu nos deux maîtres fripons[4]
10   Regardaient rôtir des marrons ;
Les escroquer était une très bonne affaire :
Nos galants[5] y voyaient double profit à faire,
Leur bien premièrement, et puis le mal d'autrui.
Bertrand dit à Raton : «Frère, il faut aujourd'hui

---

1. Un *commensal* (en latin, *mensa* signifie table où l'on mange) partage un repas, de même qu'un *compagnon* est celui qui partage le pain, un *confrère* quelqu'un qui appartient au même groupe, à la même profession (préfixe latin : *cum*, avec).
2. Expression ironique : en guise d'animaux malfaisants, on était bien servi (comme à table !). Le vers suivant renchérit sur l'idée.
3. *Y* se rapporte à l'idée de mal faire.
4. *Fripons* : à l'origine du mot, le verbe *friper*, qui signifie manger goulûment. Mais, par extension, le *fripon* est celui pour qui tous les moyens sont bons pour satisfaire ses appétits.
5. *Galants* : rusés, malins.

Que tu fasses un coup de maître.   15
Tire-moi ces marrons ; si Dieu m'avait fait naître
    Propre à tirer marrons du feu,
    Certes marrons verraient beau jeu[1]. »
Aussitôt fait que dit : Raton avec sa patte,
    D'une manière délicate,   20
Écarte un peu la cendre, et retire les doigts ;
    Puis les reporte à plusieurs fois ;
Tire un marron, puis deux, et puis trois en escroque.
    Et cependant[2] Bertrand les croque.
Une servante vient : adieu mes gens. Raton   25
    N'était pas content, ce dit-on.
Aussi ne le sont pas la plupart de ces Princes
    Qui, flattés d'un pareil emploi,
    Vont s'échauder[3] en des Provinces,
    Pour le profit de quelque Roi[4].   30

---

1. *Beau jeu* : un jeu où l'on a toutes les bonnes cartes, et où l'on est sûr de gagner.

2. *Cependant* : sens premier : pendant ce temps.

3. *S'échauder* : se brûler, éprouver du dommage.

4. Source : *Les Jours caniculaires* de l'Italien Simon Maïoli, traduits par François de Rosset en 1609.

LIVRE DIXIÈME

FABLE V

Le Loup et les Bergers

Un Loup rempli d'humanité[1]
(S'il en est de tels dans le monde)
Fit un jour sur sa cruauté,
Quoiqu'il ne l'exerçât que par nécessité,
5   Une réflexion profonde.
«Je suis haï, dit-il, et de qui? de chacun.
Le Loup est l'ennemi commun:
Chiens, Chasseurs, Villageois, s'assemblent pour sa
                        [perte.
Jupiter est là-haut étourdi de leurs cris:
10   C'est par là que de Loups l'Angleterre est déserte[2].
     On y mit notre tête à prix.
     Il n'est hobereau[3] qui ne fasse
     Contre nous tels bans publier[4].

    1. On appréciera — surtout quand on aura lu toute la fable — l'ironie de la formule.
    2. Une mesure prise par le roi Edgar avait abouti, dès le Xe siècle, à l'extermination des loups en Angleterre.
    3. *Hobereau*: à l'origine, petit oiseau de proie. Par extension, petit noble de campagne, souvent tyran, sinon brigand.
    4. *Bans*: annonce publique et solennelle.

Il n'est marmot osant crier
Que du Loup aussitôt sa mère ne menace.   15
     Le tout pour un Âne rogneux[1],
Pour un Mouton pourri[2], pour quelque Chien hargneux,
     Dont j'aurai passé mon envie[3].
Eh bien, ne mangeons plus de chose ayant eu vie :
Paissons l'herbe, broutons, mourons de faim plutôt :   20
     Est-ce une chose si cruelle ?
Vaut-il mieux s'attirer la haine universelle ? »
Disant ces mots, il vit des Bergers pour leur rôt[4]
     Mangeants[5] un agneau cuit en broche.
     « Oh, oh, dit-il, je me reproche   25
Le sang de cette gent[6], voilà ses gardiens
     S'en repaissants[5] eux et leurs chiens ;
     Et moi Loup j'en ferai scrupule ?
Non, par tous les Dieux non ; je serais ridicule.
     Thibaut l'agnelet[7] passera[8],   30
     Sans qu'à la broche je le mette ;
Et non seulement lui, mais la mère qu'il tette,

---

1. La *rogne* est une espèce de gale.
2. La *pourriture* est une maladie spécifique du mouton.
3. *Passer son envie*, c'est se satisfaire en acte.
4. *Rôt* : même mot que *rôti*. Par extension, repas.
5. Le participe présent s'accorde, parce qu'au xviie siècle on ne fait pas clairement la distinction avec l'adjectif verbal.
6. *Gent* : race, peuple (latin : *gens*).
7. Pourquoi le petit agneau porte-t-il ici le nom de Thibaut ? Sans doute un souvenir, volontairement déformé, de la *Farce de Maître Pathelin* (voir ci-dessus IX, xiv, *Le Chat et le Renard*, v. 3 et note), où c'est le berger lui-même qui s'appelle Thibaut Agnelet.
8. *Passera* : y passera (et le loup n'a pas besoin de broche pour cela).

Et le père qui l'engendra. »
Ce Loup avait raison : est-il dit qu'on nous voie
35　　　　Faire festin de toute proie,
Manger les animaux, et nous les réduirons
Aux mets de l'âge d'or[1] autant que nous pourrons ?
　　　　Ils n'auront ni croc ni marmite ?
　　　　Bergers, bergers, le loup n'a tort
40　　　　Que quand il n'est pas le plus fort :
　　　　Voulez-vous qu'il vive en ermite[2] ?

FABLE IX

Le Berger et le Roi

Deux démons[3] à leur gré partagent notre vie,
Et de son patrimoine ont chassé la raison.
Je ne vois point de cœur qui ne leur sacrifie.
Si vous me demandez leur état et leur nom,
5　J'appelle l'un, Amour ; et l'autre, Ambition.
Cette dernière étend le plus loin son empire ;
　　　　Car même elle entre dans l'amour.
Je le ferais bien voir : mais mon but est de dire

---

　1. L'âge d'or, où les hommes et les animaux vivaient en bonne intelligence, et où les hommes étaient sans doute purement végétariens.
　2. Sources : Plutarque, et Abstemius.
　3. Personnification de forces, bonnes ou mauvaises, qui animent la
conduite des hommes.

Comme un Roi fit venir un Berger à sa Cour.
Le conte est du bon temps, non du siècle où nous   10
                              [sommes.
Ce Roi vit un troupeau qui couvrait tous les champs,
Bien broutant, en bon corps[1], rapportant tous les ans,
Grâce aux soins du Berger, de très notables sommes.
Le Berger plut au Roi par ces soins diligents.
« Tu mérites, dit-il, d'être Pasteur de gens[2] ;   15
Laisse là tes moutons, viens conduire des hommes.
        Je te fais Juge Souverain[3]. »
Voilà notre Berger la balance à la main.
Quoiqu'il n'eût guère vu d'autres gens qu'un Ermite,
Son troupeau, ses mâtins[4], le loup, et puis c'est tout,   20
Il avait du bon sens ; le reste vient ensuite.
        Bref il en vint fort bien à bout.
L'Ermite son voisin accourut pour lui dire :
« Veillé-je, et n'est-ce point un songe que je vois ?
Vous favori ! vous grand ! Défiez-vous des Rois :   25
Leur faveur est glissante, on s'y trompe ; et le pire,
C'est qu'il en coûte cher ; de pareilles erreurs
Ne produisent jamais que d'illustres malheurs.
Vous ne connaissez pas l'attrait qui vous engage.
Je vous parle en ami. Craignez tout. » L'autre rit,   30
        Et notre Ermite poursuivit :

1. Bien nourris, vigoureux.
2. *Pasteur* : le mot signifie d'abord : berger. L'emploi figuré qui en est
fait ici est traditionnel, déjà chez Homère et dans la Bible.
3. Un juge dont les décisions, les *arrêts* (v. 56) sont sans appel.
4. Gros chiens de garde.

« Voyez combien déjà la cour vous rend peu sage.
Je crois voir cet aveugle, à qui dans un voyage
   Un serpent engourdi de froid
35 Vint s'offrir sous la main ; il le prit pour un fouet[1].
Le sien s'était perdu, tombant de sa ceinture.
Il rendait grâce au Ciel de l'heureuse aventure,
Quand un passant cria : « Que tenez-vous, ô Dieux ?
« Jetez cet animal traître et pernicieux,
40 « Ce serpent. — C'est un fouet. — C'est un serpent,
             [vous dis-je.
« À me tant tourmenter quel intérêt m'oblige ?
« Prétendez-vous garder ce trésor ? — Pourquoi non ?
« Mon fouet était usé ; j'en retrouve un fort bon ;
   « Vous n'en parlez que par envie. »
45   L'aveugle enfin ne le crut pas ;
    Il en perdit bientôt la vie :
L'animal dégourdi piqua son homme au bras.
   Quant à vous, j'ose vous prédire
Qu'il vous arrivera quelque chose de pire.
50 — Eh, que me saurait-il arriver que la mort ?
— Mille dégoûts viendront », dit le Prophète Ermite.
Il en vint en effet ; l'Ermite n'eut pas tort.
Mainte peste de Cour fit tant, par maint ressort,
Que la candeur du Juge, ainsi que son mérite,
55 Furent suspects au Prince. On cabale[2], on suscite

---

1. La rime *froid/Fouet* indique quelle était la prononciation de la diphtongue de *froid* : -oué.
2. Monter une *cabale*, c'est-à-dire une intrigue, un complot contre quelqu'un pour le déconsidérer.

Accusateurs et gens grevés[1] par ses arrêts.
«De nos biens, dirent-ils, il s'est fait un Palais.»
Le Prince voulut voir ces richesses immenses,
Il ne trouva partout que médiocrité[2],
Louanges du désert et de la pauvreté;   60
      C'étaient là ses magnificences.
      «Son fait, dit-on, consiste en des pierres de
                               [prix.
Un grand coffre en est plein, fermé de dix serrures.»
Lui-même ouvrit ce coffre, et rendit bien surpris
      Tous les machineurs[3] d'impostures.   65
Le coffre étant ouvert, on y vit des lambeaux,
      L'habit d'un gardeur de troupeaux,
Petit chapeau, jupon, panetière[4], houlette[5],
      Et je pense aussi sa musette.
«Doux trésors, ce dit-il, chers gages[6], qui jamais   70
N'attirâtes sur vous l'envie et le mensonge,
Je vous reprends: sortons de ces riches Palais
      Comme l'on sortirait d'un songe.
Sire, pardonnez-moi cette exclamation.
J'avais prévu ma chute en montant sur le faîte.   75

   1. Lésés, à qui on fait du tort (cf. grief).
   2. Étymologiquement, le mot (en latin, *medius* signifie qui est au milieu, moyen) évoque l'idée de mesure, de modération.
   3. Mot rare (forgé par La Fontaine?) pour: machinateur, celui qui utilise méchamment des stratagèmes complexes.
   4. *Panetière*: petit sac en cuir, où le berger rangeait son pain.
   5. *Houlette*: bâton dont une extrémité forme crochet, et l'autre cuiller. Voir ci-dessus III, iii, *Le Loup devenu Berger*, v. 6.
   6. Objets laissés en dépôt au titre de garanties.

Je m'y suis trop complu ; mais qui n'a dans la tête
    Un petit grain d'ambition[1] ? »

LIVRE ONZIÈME

FABLE IV

Le Songe d'un habitant du Mogol

Jadis certain Mogol[2] vit en songe un Vizir[3]
Aux champs Élysiens[4] possesseur d'un plaisir
Aussi pur qu'infini, tant en prix qu'en durée ;
Le même songeur vit en une autre contrée
    Un Ermite entouré de feux,

---

    1. Sources : les *Voyages de Jean-Baptiste Tavernier*, pour le récit principal (l'histoire du berger), et Pilpay pour la fable intérieure (l'histoire de l'aveugle et du serpent). La Fontaine a en effet emboîté une fable dans une autre. Curieusement, et contrairement à ce qui se produit dans *Le Pouvoir des Fables* (VIII, IV ; voir le Dossier, p. 188), la fable semble, cette fois, inopérante : l'ermite ne réussit pas, apparemment, à convaincre son ami le berger. Mais la fin du récit principal montre que le berger savait depuis longtemps à quoi s'en tenir : il s'est prêté au rôle de ministre, mais ne s'y est jamais donné vraiment.
    2. Désigne aussi bien le pays (une principauté musulmane à l'ouest de l'Inde) que ses habitants.
    3. En turc, ministre.
    4. Pour les Anciens, séjour des âmes bienheureuses. Voir *Les Obsèques de la Lionne* (VIII, XIV).

Qui touchait de pitié même les malheureux.
Le cas parut étrange, et contre l'ordinaire ;
Minos[1] en ces deux morts semblait s'être mépris.
Le dormeur s'éveilla, tant il en fut surpris.
Dans ce songe pourtant soupçonnant du mystère,   10
      Il se fit expliquer l'affaire.
L'interprète lui dit : « Ne vous étonnez point,
Votre songe a du sens, et, si j'ai sur ce point
      Acquis tant soit peu d'habitude,
C'est un avis des Dieux. Pendant l'humain séjour,   15
Ce Vizir quelquefois cherchait la solitude ;
Cet Ermite aux Vizirs allait faire sa cour. »

Si j'osais ajouter au mot de l'interprète,
J'inspirerais ici l'amour de la retraite :
Elle offre à ses amants des biens sans embarras,   20
Biens purs, présents du Ciel, qui naissent sous les
                               [pas.
Solitude où je trouve une douceur secrète,
Lieux que j'aimai toujours, ne pourrai-je jamais,
Loin du monde et du bruit, goûter l'ombre et le frais ?
Ô qui m'arrêtera sous vos sombres asiles !   25
Quand pourront les neuf Sœurs[2], loin des cours et des
                               [Villes,
M'occuper tout entier, et m'apprendre des Cieux
Les divers mouvements inconnus à nos yeux,

---

1. Le fils de Jupiter et d'Antiope, juge aux Enfers.
2. Les neuf Muses, patronnes des poètes.

Les noms et les vertus[1] de ces clartés errantes[2]
30 Par qui sont nos destins et nos mœurs différentes?
Que si je ne suis né pour de si grands projets,
Du moins que les ruisseaux m'offrent de doux objets!
Que je peigne en mes Vers quelque rive fleurie!
La parque[3] à filets[4] d'or n'ourdira[5] point ma vie;
35 Je ne dormirai point sous de riches lambris[6].
Mais voit-on que le somme en perde de son prix?
En est-il moins profond, et moins plein de délices?
Je lui voue au désert de nouveaux sacrifices.
Quand le moment viendra d'aller trouver les morts,
40 J'aurai vécu sans soins[7], et mourrai sans remords[8].

1. Pouvoirs propres, forces influentes.
2. Planètes.
3. Les Parques travaillent ensemble à filer le destin des hommes.
4. Fils préparés pour le tissage. On dit plutôt : filés.
5. Terme technique approprié : *ourdir*, c'est disposer les filés de la chaîne pour faire un tissu.
6. Les plafonds lambrissés, c'est-à-dire décorés richement (menuiserie, mais aussi moulures en stuc, etc.) étaient presque synonymes de palais somptueux.
7. Soucis, craintes.
8. Source : le poète persan Saadi, traduit par l'orientaliste André du Ryer. — Comme dans *Les Deux Pigeons* (IX, II), la fable proprement dite (v. 1-17) se prolonge par une longue effusion lyrique (v. 18-40), pour laquelle La Fontaine adopte, cette fois, la forme du discours en alexandrins à rimes suivies (les vers riment deux à deux à l'exception des vers introductifs 18-21, où la disposition des rimes est plus complexe).

FABLE VI

Le Loup et le Renard

Mais d'où vient qu'au Renard Ésope accorde un point ?
C'est d'exceller en tours pleins de matoiserie[1].
J'en cherche la raison, et ne la trouve point.
Quand le Loup a besoin de défendre sa vie,
    Ou d'attaquer celle d'autrui,   5
    N'en sait-il pas autant que lui ?
Je crois qu'il en sait plus, et j'oserais peut-être
Avec quelque raison contredire mon maître[2].
Voici pourtant un cas où tout l'honneur échut
À l'hôte des terriers. Un soir il aperçut   10
La Lune au fond d'un puits : l'orbiculaire[3] image
    Lui parut un ample fromage.
    Deux seaux alternativement
    Puisaient le liquide élément.
Notre Renard pressé par une faim canine[4],   15

    1. *Matoiserie* : tromperie, fourberie.
    2. Dans ce préambule (v. 1-8), La Fontaine prenant la défense du loup, entend se prémunir contre l'idée que les animaux de la fable ne sont que des stéréotypes fixés une fois pour toutes. Il veut au contraire leur donner, dans ses fables, la complexité et l'imprévisibilité des êtres vivants. Une fois de plus, c'est le récit vivant qui compte, non les idées abstraites et reçues.
    3. *Orbiculaire* : ronde, en forme de cercle (en latin, *orbis*).
    4. *Canine* : digne d'un chien, très grande, comme nous dirions, familièrement : une faim de loup.

S'accommode[1] en celui qu'au haut de la machine
    L'autre seau tenait suspendu.
      Voilà l'animal descendu,
   Tiré d'erreur; mais fort en peine,
20   Et voyant sa perte prochaine.
Car comment remonter, si quelque autre affamé
    De la même image charmé,
    Et succédant à sa misère
Par le même chemin ne le tirait d'affaire?
25 Deux jours s'étaient passés sans qu'aucun vînt au puits;
Le temps qui toujours marche avait pendant deux nuits
      Échancré selon l'ordinaire
De l'astre au front d'argent la face circulaire.
      Sire Renard était désespéré.
30   Compère Loup, le gosier altéré,
Passe par là; l'autre dit: «Camarade,
Je veux vous régaler; voyez-vous cet objet?
C'est un fromage exquis. Le Dieu Faune l'a fait,
      La vache Io[2] donna le lait.
35   Jupiter, s'il était malade,
Reprendrait l'appétit en tâtant d'un tel mets.
    J'en ai mangé cette échancrure,
Le reste vous sera suffisante pâture[3].
Descendez dans un seau que j'ai là mis exprès.»

---

1. S'installe comme il peut.
2. *Io*: nymphe aimée de Jupiter; pour la soustraire à la vigilance jalouse de son épouse Junon, il la métamorphosa en vache. *Faune* (v. 33) est une divinité champêtre.
3. *Pâture*: nourriture.

Bien qu'au moins mal qu'il pût il ajustât l'histoire,   40
    Le Loup fut un sot de le croire :
Il descend, et son poids, emportant l'autre part,
    Reguinde[1] en haut maître Renard.
Ne nous en moquons point : nous nous laissons séduire
    Sur aussi peu de fondement;   45
    Et chacun croit fort aisément
    Ce qu'il craint, et ce qu'il désire[2].

FABLE VIII

Le Vieillard et les Trois Jeunes Hommes

    Un octogénaire plantait.
«Passe encor de bâtir; mais planter à cet âge!»
Disaient trois jouvenceaux, enfants du voisinage;
    Assurément il radotait.
    «Car au nom des Dieux, je vous prie,   5
Quel fruit de ce labeur pouvez-vous recueillir?
Autant qu'un Patriarche il vous faudrait vieillir.
    À quoi bon charger votre vie
Des soins d'un avenir qui n'est pas fait pour vous?
Ne songez désormais qu'à vos erreurs passées :   10
Quittez le long espoir, et les vastes pensées;
    Tout cela ne convient qu'à nous.
    — Il ne convient pas à vous-mêmes,

1. *Guinder*, c'est, proprement, tirer vers le haut.
2. Source inconnue.

Repartit le Vieillard. Tout établissement[1]
15   Vient tard et dure peu. La main des Parques[2] blêmes
De vos jours, et des miens se joue également.
Nos termes sont pareils par leur courte durée.
Qui de nous des clartés de la voûte azurée
Doit jouir le dernier ? Est-il aucun moment
20   Qui vous puisse assurer d'un second seulement ?
Mes arrière-neveux me devront cet ombrage :
           Hé bien défendez-vous au Sage
De se donner des soins pour le plaisir d'autrui ?
Cela même est un fruit que je goûte aujourd'hui :
25   J'en puis jouir demain, et quelques jours encore :
           Je puis enfin compter l'Aurore
           Plus d'une fois sur vos tombeaux. »
Le Vieillard eut raison ; l'un des trois jouvenceaux
Se noya dès le port allant à l'Amérique.
30   L'autre, afin de monter aux grandes dignités,
Dans les emplois de Mars[3] servant la République,
Par un coup imprévu vit ses jours emportés.
           Le troisième tomba d'un arbre
           Que lui-même il voulut enter[4].
35   Et pleurés du Vieillard, il grava sur leur marbre
           Ce que je viens de raconter[5].

---

1. Tout lieu, toute situation où l'on peut se croire en sécurité, en repos.
2. Les Parques dévident le fil de la destinée des hommes.
3. Les emplois militaires, Mars étant le dieu de la guerre. La *République* : la nation.
4. *Enter* : greffer.
5. Source : Abstemius. — À rapprocher, pour la gravité du ton, de *La Mort et le Mourant* (VIII, 1).

LIVRE DOUZIÈME

FABLE IV

Les Deux Chèvres

Dès que les Chèvres ont brouté,
Certain esprit de liberté
Leur fait chercher fortune ; elles vont en voyage
Vers les endroits du pâturage
Les moins fréquentés des humains.   5
Là s'il est quelque lieu sans route et sans chemins,
Un rocher, quelque mont pendant en précipices,
C'est où ces Dames vont promener leurs caprices ;
Rien ne peut arrêter cet animal grimpant.
Deux Chèvres donc s'émancipant,   10
Toutes deux ayant patte blanche,
Quittèrent les bas prés, chacune de sa part[1].
L'une vers l'autre allait pour quelque bon hasard.
Un ruisseau se rencontre, et pour pont une planche ;
Deux Belettes à peine auraient passé de front   15
Sur ce pont :
D'ailleurs, l'onde rapide et le ruisseau profond
Devaient faire trembler de peur ces Amazones[2].

1. Chacune de son côté.
2. Les Amazones : tribus de femmes guerrières, réputées pour leur intrépidité, qui habitaient en Cappadoce.

Malgré tant de dangers, l'une de ces personnes
20   Pose un pied sur la planche, et l'autre en fait autant.
Je m'imagine voir avec Louis le Grand,
      Philippe Quatre qui s'avance
      Dans l'île de la Conférence[1].
      Ainsi s'avançaient pas à pas,
25   Nez à nez nos Aventurières,
      Qui toutes deux étant fort fières,
Vers le milieu du pont ne se voulurent pas
L'une à l'autre céder. Elles avaient la gloire
De compter dans leur race (à ce que dit l'Histoire)
30   L'une certaine Chèvre au mérite sans pair[2]
Dont Polyphème fit présent à Galatée[3] ;
      Et l'autre la chèvre Amalthée[4],
      Par qui fut nourri Jupiter.
Faute de reculer leur chute fut commune ;
35   Toutes deux tombèrent dans l'eau.
      Cet accident n'est pas nouveau
      Dans le chemin de la Fortune[5].

1. L'île des Faisans, sur la Bidassoa, où le jeune Louis XIV rencontra, en 1660, le roi Philippe IV d'Espagne, pour conclure avec lui le traité des Pyrénées, qui mit fin à la guerre entre les deux royaumes.
2. *Sans pair* : sans égal.
3. Le Cyclope Polyphème fit don d'une chèvre à la nymphe Galatée dont il était amoureux.
4. Rhée, mère de Jupiter, pour le soustraire à son père Saturne, cacha son fils en Crète, où il fut allaité par la chèvre Amalthée.
5. Source : Pline l'Ancien.

FABLE V

Le Vieux Chat et la Jeune Souris

Une jeune Souris de peu d'expérience
Crut fléchir un vieux Chat implorant sa clémence,
Et payant de raisons le Raminagrobis[1].
    « Laissez-moi vivre ; une Souris
    De ma taille et de ma dépense   5
    Est-elle à charge en ce logis ?
    Affamerais-je, à votre avis,
    L'Hôte et l'Hôtesse, et tout leur monde ?
    D'un grain de blé je me nourris ;
    Une noix me rend toute ronde.   10
À présent je suis maigre ; attendez quelque temps ;
Réservez ce repas à messieurs vos Enfants. »
Ainsi parlait au Chat la Souris attrapée.
    L'autre lui dit : « Tu t'es trompée.
Est-ce à moi que l'on tient de semblables discours ?   15
Tu gagnerais autant de parler à des sourds.
Chat et vieux pardonner ? cela n'arrive guères.
    Selon ces lois, descends là-bas,
    Meurs, et va-t'en, tout de ce pas,
    Haranguer les sœurs Filandières[2].   20

1. Nom désignant un personnage plein de suffisance. Voir *Le Chat, la Belette, et le Petit Lapin* (VII, xv, v. 31).
2. Les Parques, qui dévident ensemble le fil de la destinée des humains. Au vers 17, *guères*, grâce au *s* qui dénote une forme ancienne, permet la rime avec *Filandières*.

Mes Enfants trouveront assez d'autres repas. »
  Il tint parole ; et, pour ma Fable,
Voici le sens moral qui peut y convenir :
La jeunesse se flatte, et croit tout obtenir.
25 La vieillesse est impitoyable[1].

FABLE XVIII

Le Renard et les Poulets d'Inde[2]

  Contre les assauts d'un Renard
Un arbre à des Dindons servait de citadelle.
Le perfide ayant fait tout le tour du rempart,
  Et vu chacun en sentinelle,
5 S'écria : « Quoi ces gens se moqueront de moi !
Eux seuls seront exempts de la commune loi !
Non, par tous les Dieux, non. » Il accomplit son dire.
La Lune alors luisant semblait contre le Sire
Vouloir favoriser la dindonnière gent[3].
10 Lui qui n'était novice au métier d'assiégeant
Eut recours à son sac de ruses scélérates,
Feignit vouloir gravir, se guinda[4] sur ses pattes,
Puis contrefit le mort, puis le ressuscité.

1. Source : peut-être Abstemius.
2. *Poulets d'Inde* : ce sont les dindons. Voir plus bas les v. 9 et 18.
3. *Gent* : race, nation (du latin *gens*).
4. *Se guinda* : se dressa, s'étira vers le haut. Voir ci-dessus, XI, vi, *Le Loup et le Renard*, v. 43.

Arlequin[1] n'eût exécuté
Tant de différents personnages.   15
Il élevait sa queue, il la faisait briller,
    Et cent mille autres badinages[2].
Pendant quoi nul Dindon n'eût osé sommeiller.
L'ennemi les lassait, en leur tenant la vue
    Sur même objet toujours tendue.   20
Les pauvres gens étant à la longue éblouis,
Toujours il en tombait quelqu'un ; autant de pris ;
Autant de mis à part : près de moitié succombe.
Le Compagnon les porte en son garde-manger.
Le trop d'attention qu'on a pour le danger   25
    Fait le plus souvent qu'on y tombe[3].

---

1. Personnage de la comédie italienne, au costume bariolé, rusé et fertile en bons tours.

2. *Badinages* : plaisanteries, jeux.

3. Sources : des philosophes anglais ayant disserté, en latin, sur l'âme des bêtes, problème qui préoccupait beaucoup La Fontaine et ses contemporains, ébranlés par les idées de Descartes sur la question (théorie des « animaux-machines »).

FABLE XXIX

Le Juge arbitre, l'Hospitalier, et le Solitaire[1]

Trois Saints[2], également jaloux de leur salut,
Portés d'un même esprit, tendaient à même but,
Ils s'y prirent tous trois par des routes diverses.
Tous chemins vont à Rome : ainsi nos Concurrents
5 Crurent pouvoir choisir des sentiers différents.
L'un, touché des soucis, des longueurs, des traverses
Qu'en apanage[3] on voit aux Procès attachés,
S'offrit de les juger sans récompense aucune,
Peu soigneux d'établir ici-bas sa fortune.
10 Depuis qu'il est des Lois, l'Homme, pour ses péchés,
Se condamne à plaider la moitié de sa vie.
La moitié ? les trois quarts, et bien souvent le tout.
Le conciliateur crut qu'il viendrait à bout
De guérir cette folle et détestable envie.
15 Le second de nos Saints choisit les Hôpitaux.
Je le loue ; et le soin de soulager ces maux

1. *Juge arbitre* : juge conciliateur et impartial. *Hospitalier* : en général un religieux, l'hôpital étant un asile où la charité se dépense au profit des pauvres, des malades et des vieillards. *Solitaire* : un ermite, un moine qui vit dans la solitude.
2. *Saints* : des hommes pieux, candidats à la sainteté.
3. *Apanage* : au propre, territoires que les souverains donnaient à leurs frères, et qui étaient réversibles à la couronne, faute d'enfants mâles ; au figuré, synonyme de suite, de conséquence.

Est une charité que je préfère aux autres.
Les Malades d'alors, étant tels que les nôtres,
Donnaient de l'exercice au pauvre Hospitalier ;
Chagrins, impatients, et se plaignant sans cesse :   20
« Il a pour tels et tels un soin particulier ;
     Ce sont ses amis ; il nous laisse. »
Ces plaintes n'étaient rien au prix de[1] l'embarras
Où se trouva réduit l'Appointeur de débats[2] :
Aucun n'était content ; la Sentence arbitrale[3]   25
     À nul des deux ne convenait :
     Jamais le Juge ne tenait
     À leur gré la balance égale.
De semblables discours rebutaient l'Appointeur :
Il court aux Hôpitaux, va voir leur Directeur.   30
Tous deux ne recueillant que plainte et que murmure,
Affligés, et contraints de quitter ces emplois,
Vont confier leur peine au silence des bois.
Là sous d'âpres rochers, près d'une source pure,
Lieu respecté des vents, ignoré du soleil,   35
Ils trouvent l'autre Saint, lui demandent conseil.
« Il faut, dit leur ami, le prendre de soi-même.
     Qui mieux que vous sait vos besoins ?
Apprendre à se connaître est le premier des soins
Qu'impose à tous mortels la Majesté suprême.   40
Vous êtes-vous connus dans le monde habité ?

1. *Au prix de* : en comparaison de.
2. *Appointeur* : conciliateur, chargé de trouver des accommodements
entre les plaideurs.
3. *Sentence arbitrale* : sentence prononcée par le juge arbitre.

L'on ne le peut qu'aux lieux pleins de tranquillité :
Chercher ailleurs ce bien est une erreur extrême.
     Troublez l'eau ; vous y voyez-vous ?
45 Agitez celle-ci. — Comment nous verrions-nous ?
     La vase est un épais nuage
Qu'aux reflets du cristal nous venons d'opposer.
— Mes Frères, dit le Saint, laissez-la reposer ;
     Vous verrez alors votre image.
50 Pour vous mieux contempler demeurez au désert[1]. »
     Ainsi parla le Solitaire.
Il fut cru, l'on suivit ce conseil salutaire.
Ce n'est pas qu'un emploi ne doive être souffert.
Puisqu'on plaide, et qu'on meurt, et qu'on devient
                             [malade,
55 Il faut des Médecins, il faut des Avocats.
Ces secours, grâce à Dieu, ne nous manqueront pas ;
Les honneurs et le gain, tout me le persuade.
Cependant on s'oublie en ces communs besoins.
Ô vous dont le Public emporte tous les soins,
60   Magistrats, Princes et Ministres,
Vous que doivent troubler mille accidents sinistres,
Que le malheur abat, que le bonheur corrompt,
Vous ne vous voyez point, vous ne voyez personne.
Si quelque bon moment à ces pensers[2] vous donne,
65   Quelque flatteur vous interrompt.
Cette leçon sera la fin de ces Ouvrages[3].

---

1. *Désert* : solitude, à l'abri des regards.
2. *Pensers* : infinitif substantivé.
3. *Ces Ouvrages* : les *Fables*. C'est en effet le poème ultime des

Puisse-t-elle être utile aux siècles à venir !
Je la présente aux Rois, je la propose aux Sages ;
    Par où saurais-je mieux finir[1] ?

Fables. La Fontaine y livre son testament philosophique. Il le fait par le détour d'une allégorie : il ne s'agit pas d'opposer au travail et aux préoccupations altruistes, fort légitimes (voir à ce sujet, les v. 8-14, et 16-17). Mais cette solitude est symbolique : elle rappelle aux hommes leur premier devoir, qui est, avant toute chose, de se connaître eux-mêmes. La Fontaine rejoint ici le message de Socrate aussi bien que celui du Christ et des Pères de l'Église.

   1. Source : le poète français Arnauld d'Andilly (1589-1674).

DOSSIER

CHRONOLOGIE
1621-1695

1621 *8 juillet* : baptême, à Château-Thierry, de Jean de La Fontaine, fils de Charles de La Fontaine, « conseiller du roy
et maître des eaux et forêts de la duché de Château-
Thierry », et de Françoise Pidoux.

1641 *27 avril* : à l'issue d'études menées probablement jusqu'en troisième au collège de Château-Thierry, puis dans
un collège parisien, La Fontaine est reçu à l'Oratoire, à
Paris.

1642 *Octobre* : La Fontaine, sans doute faute de vocation,
quitte l'Oratoire. Il va désormais partager sa vie entre
Château-Thierry et Paris, où il mène des études de droit,
tout en fréquentant les milieux littéraires et en écrivant
ses premiers vers.

1647 *10 novembre* : signature, à La Ferté-Milon, du contrat de
mariage entre Jean de La Fontaine et Marie Héricart (née
en 1633).

1652 *20 mars* : La Fontaine acquiert la charge de maître particulier triennal des eaux et forêts de Château-Thierry (cette
charge, supprimée par la suite, donnera lieu à dédomma-
gement dès 1661).

1653 *30 octobre* : baptême de Charles de La Fontaine, fils de
Jean et de Marie Héricart.

1654 *17 août* : *L'Eunuque*, adaptation en vers par La Fontaine
      d'une comédie de Térence.

1658 Après avoir perdu son père en avril, La Fontaine entre
      dans le cercle de Nicolas Foucquet, surintendant des
      finances, auquel il offre le manuscrit de son poème
      mythologique *Adonis*.

1659 Dès cette époque, La Fontaine et Marie Héricart sont
      séparés de biens. La Fontaine passe contrat avec Fouc-
      quet pour une «pension poétique», et reçoit commande
      du *Songe de Vaux*, ouvrage à la louange de Foucquet,
      qu'il n'aura pas le temps de terminer.

1661 *17 août* : La Fontaine est le témoin ébloui de la réception
      fastueuse offerte par Foucquet au roi dans sa demeure de
      Vaux-le-Vicomte.

      5 septembre : Foucquet est arrêté à Nantes sur ordre du roi.

1662 Alors que s'instruit le procès de Foucquet, La Fontaine
      appelle à la clémence du roi dans son *Élégie aux
      nymphes de Vaux*.

1663 *23 août* : La Fontaine quitte Paris, pour accompagner
      dans son exil à Limoges l'oncle de sa femme, Jannart,
      substitut de Foucquet au Parlement de Paris. Occasion
      pour lui d'écrire, pendant le voyage, des lettres à sa
      femme, en prose et vers, qui seront publiées seulement au
      XVIIIe siècle. Il est de retour à Paris à la fin de l'année.

1664 *14 juillet* : La Fontaine prête serment comme gentil-
      homme ordinaire de Marguerite de Lorraine, duchesse
      douairière d'Orléans, au palais du Luxembourg (il y res-
      tera jusqu'en 1672).

      20 décembre : fin du procès de Foucquet ; celui-ci est
      condamné à la détention perpétuelle (il mourra à Pignerol
      en 1680).

1665 *10 janvier* : publication des *Contes et nouvelles en vers*
      de La Fontaine.

1666 *21 janvier* : *Deuxième Partie des Contes et nouvelles en vers.*

1668 *31 mars* : publication — un volume in-4º — des *Fables choisies mises en vers* de La Fontaine, dédiées au duc de Bourgogne, dauphin de France (il s'agit des livres I à VI des éditions actuelles des *Fables*). Même texte, mais en deux volumes in-12, publié le 19 octobre.

1669 *31 janvier* : publication du roman en prose et en vers *Les Amours de Psyché et de Cupidon*, suivi du poème *Adonis*, dédié désormais à la duchesse de Bouillon.
Nouvelle édition des *Contes et nouvelles* de 1666.

1670 *20 décembre* : La Fontaine publie un *Recueil de poésies chrétiennes et diverses* qu'il a préfacé.

1671 *27 janvier* : *Contes et nouvelles en vers. Troisième partie.* *12 mars* : La Fontaine publie des *Fables nouvelles et autres poésies* (dont huit fables nouvelles, les quatre *Élégies* à Clymène, trois fragments du *Songe de Vaux*).

1672 Mort de la duchesse douairière d'Orléans. La Fontaine trouvera désormais refuge et protection auprès de Mme de La Sablière (jusqu'à la mort de celle-ci en 1693).

1673 La Fontaine publie, sans privilège ni achevé d'imprimer, le *Poème de la captivité de saint Malc.*

1674 La Fontaine fait publier en Belgique une série de *Nouveaux Contes*, qui seront interdits et saisis en France en 1675. Il écrit un livret d'opéra, *Daphné*, pour Lully, mais celui-ci le refuse ; le poète écrit alors une violente satire contre lui, *Le Florentin.*

1676 La Fontaine vend sa maison de Château-Thierry.

1678 *3 mai* : La Fontaine publie trois tomes de *Fables choisies mises en vers* ; les deux premiers sont la réimpression des fables de 1668 ; le troisième compte deux livres de fables nouvelles (les livres VII et VIII des éditions actuelles).

1679 *15 juin* : publication d'un quatrième tome de *Fables* (trois livres de fables nouvelles, soit les livres IX, X et XI de nos éditions actuelles).

1682 *24 janvier* : publication du *Poème du Quinquina et autres ouvrages en vers de M. de La Fontaine.*

1683 *15 novembre* : l'Académie française élit La Fontaine au fauteuil de Colbert, décédé ; mais le roi suspendra cette élection jusqu'à l'élection de Boileau, qui interviendra le 15 avril 1684.

1684 *2 mai* : La Fontaine est enfin reçu à l'Académie. Il lit ce jour-là son *Discours à Mme de La Sablière.*

1685 *28 juillet* : publication des *Ouvrages de prose et de poésie des sieurs de Maucroix et de La Fontaine* (celui-ci publie notamment cinq nouveaux contes et dix fables inédites).

1692 *21 octobre* : réimpression des quatre tomes de *Fables* de 1678-1679.

1693 Après la mort de Mme de La Sablière, La Fontaine trouve asile chez les d'Hervart, rue Plâtrière. Malade, il se confesse, et il renie solennellement ses *Contes* (12 février).

1er septembre : publication d'un cinquième tome de *Fables* (c'est le livre XII de nos éditions actuelles), dédié au duc de Bourgogne, fils du Grand Dauphin.

1695 *13 avril* : La Fontaine meurt à l'hôtel d'Hervart, rue Plâtrière, et est inhumé le lendemain au cimetière des Saints-Innocents.

1709 Pour la première fois, Henri Charpentier, pour son édition des *Fables*, adopte la division du fablier en douze livres, qui s'imposera par la suite à tous les éditeurs.

LA FONTAINE ET SES SOURCES

L'annotation des *Fables* dans la présente édition comporte toujours des indications de «sources». Comme la plupart des écrivains à l'âge classique, mais plus particulièrement parce qu'il écrit des fables, La Fontaine, même s'il ne s'interdit pas des références plus ou moins explicites à l'actualité, ne prétend aucunement être original dans le choix de ses sujets. Le titre donné à ses trois principales publications de fables : *Fables choisies mises en vers*, est très explicite à cet égard ; le poète n'a fait que «mettre en vers» une matière préexistante et sur-abondante, dans laquelle il s'est contenté de «choisir». La seule originalité qu'il revendique, c'est celle de la manière ; pour le reste, il a pris son bien chez des prédécesseurs qui, eux-mêmes — à commencer par le mythique Ésope, qui aurait vécu au VIᵉ siècle avant Jésus-Christ, et quelques Orientaux non moins mythiques, comme le mystérieux Locman (ou Lokman), confondu quelquefois avec Ésope lui-même —, s'inspiraient d'une tradition millénaire, transmise sans doute longtemps ora-lement, avant de donner lieu à des transcriptions écrites, et à de nombreuses adaptations dans de multiples langues. Il est à peu près certain que La Fontaine s'est servi abondamment — mais pas exclusivement, tant ont été nombreux les humanistes au XVIᵉ siècle, en Italie, en France et ailleurs, à broder sur les modèles ésopiques — de la *Mythologia Aesopica* (*Mythologie ésopique*) publiée en latin à Francfort en 1610 par Isaac Névelet : un recueil de quelque quatre cents fables, où «Ésope» côtoie ses imitateurs, anciens comme Babrius (ou Gabrias), Phèdre (le grand fabuliste latin), Avianus, ou modernes néolatins comme Abstemius ou Faërne. Ceci vaut surtout pour les fables du «premier recueil» (les six livres de 1668), car à partir du «second recueil» (les cinq livres de 1678-1679), La Fontaine diversifie ses sources, en puisant notamment dans la tradition orientale, celle de l'Inde, de la Perse et du monde arabe, qu'il découvre notamment à travers la traduction française publiée en 1644 par Gilbert Gaulmin du *Livre des Lumières* attribué à un certain Pilpay (ou Bidpaï), ou encore dans le *Specimen sapientiae Indorum veterum* (*Exemple — ou Répertoire — de la sagesse des vieux Indiens*) du P. Poussines (1666). Enfin La Fontaine n'a jamais hésité à mettre ses pas dans ceux de ses devanciers, certains illustres, qui utilisèrent aussi la tradition ésopique : Plutarque, Horace, Pline, Aulu-Gelle, et, plus près de lui, Érasme, Rabelais, Marot ou Bonaventure des Périers. Au reste, la désignation des sources est en partie hypothétique, et leur quête reste ouverte.

Comparons avec le texte de deux fables de La Fontaine (*La Cigale et la Fourmi*, I, i et *L'Hirondelle et les Petits Oiseaux*, I, viii) les textes ésopiques (version française) qui ont servi d'inspiration au poète. On pourra mesurer ainsi les modifications et les glissements de sens que La Fontaine a pu faire subir à son modèle, et surtout la distance qui sépare un sec récit en prose d'un poème.

ÉSOPE, *La Cigale et les Fourmis* :
    Pendant l'hiver, leur blé étant humide, les fourmis le faisaient sécher. La cigale, mourant de faim, leur demandait de la

nourriture. Les fourmis lui répondirent : «Pourquoi en été n'amassais-tu pas de quoi manger? — Je n'étais pas inactive, dit celle-ci, mais je chantais mélodieusement.» Les fourmis se mirent à rire. «Eh bien, si en été tu chantais, maintenant que c'est l'hiver, danse.» Cette fable montre qu'il ne faut pas être négligent, en quoi que ce soit, si l'on veut éviter le chagrin et les dangers.

Anonyme ésopique, *L'Hirondelle et les Oiseaux* :

Pour produire le lin issu de la semence du lin, la terre nourrit la semence. Mais l'hirondelle éveille les craintes des oiseaux. «Cette semence, dit-elle, nous menace de mille maux. Déterrez ces graines répandues pour notre perte.» La troupe repousse ces sages conseils ; elle dénonce ces vaines terreurs. La semence sort de terre ; les tiges verdoient. De nouveau l'hirondelle avertit que le danger menace ; de nouveau les oiseaux en rient. L'hirondelle fait sa paix avec l'homme ; elle habite avec lui ; elle le flatte de son doux chant, car les coups prévus frappent d'ordinaire moins rudement. Déjà le lin se moissonne ; déjà se font les filets ; déjà l'homme prend au piège les oiseaux ; déjà conscients de leur faute, les oiseaux s'accusent. Mépriser un conseil salutaire, c'est en suivre un pernicieux ; quiconque néglige sa sûreté tombe au piège avec juste raison.

LES FABLES SELON LA FONTAINE

Quand La Fontaine a-t-il écrit ses Fables *? Les a-t-il beaucoup et longtemps travaillées ? Comment les a-t-il réparties à l'intérieur des douze livres ? De telles questions, bien intéressantes, restent sans réponses autres qu'hypothétiques. Mais le poète n'a eu de cesse, en revanche, de préciser ses intentions et de s'en entretenir avec son public, et ce, à l'intérieur des* Fables *elles-mêmes. Nous voudrions simplement ici jalonner ce parcours à travers quelques textes significatifs. Tout d'abord la* Préface *qui, dans le recueil de 1668, vient aussitôt après la dédicace au Dauphin où le poète présente déjà ses fables comme des « inventions si utiles et en même temps si agréables ». S'adressant cette fois au public large de ses lecteurs, à ses contemporains, mais aussi à la postérité (à nous par conséquent), La Fontaine avoue modestement sa dette à l'égard de ses devanciers, mais pour rebondir aussitôt et affirmer la nouveauté et la singularité de sa démarche. N'ayant nullement l'intention de s'enfermer dans les strictes limites de l'ouvrage pédagogique (faire passer un précepte moral à la faveur d'une image ou d'une petite histoire), il prétend donner au genre de l'apologue ses lettres de noblesse et le faire accéder au temple de la poésie. Certes il reprend pleinement à son compte l'idée traditionnelle selon laquelle l'apologue a un*

contenu moral ; mais faut-il pour autant se contenter de faire
suivre un récit court et sec d'une « moralité » sentencieuse, au
risque de lasser et faire fuir le lecteur ? La Fontaine prétend
lier l'agréable à l'utile dans l'unité d'une invention poétique
qui, comme il le dira fièrement plus tard, dans la dédicace du
second recueil À Madame de Montespan, *« est proprement un*
charme ». La parole du poète s'empare de notre esprit et de nos
sens, rajeunit notre regard sur le monde, et peut nous aider à
mieux nous situer par rapport à lui.

PRÉFACE

L'indulgence que l'on a eue pour quelques-unes de mes
fables me donne lieu d'espérer la même grâce pour ce Recueil[1].
Ce n'est pas qu'un des Maîtres de notre Éloquence[2] n'ait
désapprouvé le dessein de les mettre en Vers. Il a cru que leur
principal ornement est de n'en avoir aucun : que d'ailleurs la
contrainte de la Poésie, jointe à la sévérité de notre Langue,
m'embarrasseraient en beaucoup d'endroits, et banniraient de la
plupart de ces récits la brièveté, qu'on peut fort bien appeler
l'âme du Conte, puisque sans elle il faut nécessairement qu'il
languisse. Cette opinion ne saurait partir que d'un homme
d'excellent goût ; je demanderais seulement qu'il en relâchât
quelque peu, et qu'il crût que les Grâces lacédémoniennes[3] ne

1. La formule indique que La Fontaine avait pris soin, avant l'impression de son recueil, de faire circuler certaines de ses fables en manuscrit.
2. Il s'agit d'Olivier Patru (1604-1681) qui écrivait des fables en prose
et développait longuement la moralité sous forme de discours.
3. *Les Grâces lacédémoniennes* : référence à ce qu'on appelait aussi
le « laconisme » ; Lacédémone (autre nom de Sparte) était située en
Laconie, et les Spartiates étaient réputés pour leur souci d'économiser
les mots.

sont pas tellement ennemies des Muses françaises, que l'on ne puisse souvent les faire marcher de compagnie.

Après tout, je n'ai entrepris la chose que sur l'exemple, je ne veux pas dire des Anciens, qui ne tire point à conséquence pour moi, mais sur celui des Modernes. C'est de tout temps, et chez tous les peuples qui font profession de Poésie, que le Parnasse a jugé ceci de son apanage. À peine les Fables qu'on attribue à Ésope virent le jour, que Socrate trouva à propos de les habiller des livrées des Muses. Ce que Platon en rapporte est si agréable, que je ne puis m'empêcher d'en faire un des ornements de cette Préface. Il dit que, Socrate étant condamné au dernier supplice, l'on remit l'exécution de l'Arrêt, à cause de certaines Fêtes. Cébès l'alla voir le jour de sa mort. Socrate lui dit que les Dieux l'avaient averti plusieurs fois pendant son sommeil, qu'il devait s'appliquer à la Musique avant qu'il mourût. Il n'avait pas entendu d'abord ce que ce songe signifiait : car, comme la Musique ne rend pas l'homme meilleur, à quoi bon s'y attacher ? Il fallait qu'il y eût du mystère là-dessous ; d'autant plus que les Dieux ne se lassaient point de lui envoyer la même inspiration. Elle lui était encore venue une de ces Fêtes. Si bien qu'en songeant aux choses que le Ciel pouvait exiger de lui, il s'était avisé que la Musique et la Poésie ont tant de rapport, que possible[1] était-ce de la dernière qu'il s'agissait : il n'y a point de bonne Poésie sans harmonie ; mais il n'y en a point non plus sans fictions ; et Socrate ne savait que dire la vérité. Enfin il avait trouvé un tempérament[2]. C'était de choisir des Fables qui continssent quelque chose de véritable, telles que sont celles d'Ésope[3]. Il employa donc à les mettre en vers les derniers moments de sa vie.

Socrate n'est pas le seul qui ait considéré comme sœurs la

1. Peut-être.
2. Un moyen terme, un compromis.
3. *Ésope* : personnage hypothétique, qui aurait vécu au VIᵉ siècle av. J.-C. en Asie Mineure. Il est considéré comme le premier fabuliste, et il

Poésie et nos Fables. Phèdre a témoigné qu'il était de ce senti-
ment ; et par l'excellence de son ouvrage, nous pouvons juger
de celui du Prince des Philosophes. Après Phèdre, Avienus a
traité le même sujet. Enfin les Modernes les ont suivis. Nous en
avons des exemples, non seulement chez les Étrangers, mais
chez nous. Il est vrai que lorsque nos gens y ont travaillé, la
Langue était si différente de ce qu'elle est, qu'on ne les doit
considérer que comme Étrangers. Cela ne m'a point détourné
de mon entreprise ; au contraire, je me suis flatté de l'espérance
que si je ne courais dans cette carrière avec succès, on me don-
nerait au moins la gloire de l'avoir ouverte.

Il arrivera possible[1] que mon travail fera naître à d'autres
personnes l'envie de porter la chose plus loin. Tant s'en faut
que cette matière soit épuisée, qu'il reste encore plus de fables
à mettre en vers que je n'en ai mis. J'ai choisi véritablement les
meilleures, c'est-à-dire celles qui m'ont semblé telles. Mais
outre que je puis m'être trompé dans mon choix, il ne sera pas
bien difficile de donner un autre tour à celles-là même que j'ai
choisies, et si ce tour est moins long, il sera sans doute plus
approuvé. Quoi qu'il en arrive, on m'aura toujours obligation ;
soit que ma témérité ait été heureuse, et que je ne me sois point
trop écarté du chemin qu'il fallait tenir, soit que j'aie seulement
excité les autres à mieux faire.

Je pense avoir justifié suffisamment mon dessein ; quant à
l'exécution, le Public en sera juge. On ne trouvera pas ici l'élégance ni l'extrême brèveté qui rendent Phèdre recommandable ;

---

inspira tous les auteurs postérieurs, dont La Fontaine parle au paragraphe
suivant, notamment Phèdre, le fabuliste latin le plus connu (1er siècle de
notre ère). Ses fables contiennent « quelque chose de véritable » dans la
mesure où, à l'inverse des récits purement mythologiques, elles présentent
des animaux familiers, et des personnages et des situations qui appar-
tiennent à la vie de tous les jours.
1. Peut-être.

ce sont qualités au-dessus de ma portée. Comme il m'était impossible de l'imiter en cela, j'ai cru qu'il fallait en récompense[1] égayer l'ouvrage plus qu'il n'a fait. Non que je le blâme d'en être demeuré dans ces termes : la langue latine n'en demandait pas davantage; et si l'on y veut prendre garde, on reconnaîtra dans cet Auteur le vrai caractère et le vrai génie de Térence[2]. La simplicité est magnifique chez ces grands hommes; moi qui n'ai pas les perfections du langage comme ils les ont eues, je ne la puis élever à un si haut point. Il a donc fallu se récompenser d'ailleurs : c'est ce que j'ai fait avec d'autant plus de hardiesse, que Quintilien[3] dit qu'on ne saurait trop égayer les Narrations. Il ne s'agit pas ici d'en apporter une raison; c'est assez que Quintilien l'ait dit. J'ai pourtant considéré que, ces fables étant sues de tout le monde, je ne ferais rien si je ne les rendais nouvelles par quelques traits qui en relevassent le goût. C'est ce qu'on demande aujourd'hui. On veut de la nouveauté et de la gaieté. Je n'appelle pas gaieté ce qui excite le rire; mais un certain charme, un air agréable, qu'on peut donner à toutes sortes de sujets, même les plus sérieux.

Mais ce n'est pas tant par la forme que j'ai donnée à cet Ouvrage, qu'on en doit mesurer le prix, que par son utilité et par sa matière. Car qu'y a-t-il de recommandable dans les productions de l'esprit, qui ne se rencontre dans l'Apologue[4]? C'est

1. En compensation. Cf. un peu plus loin *se récompenser* pour : trouver une compensation.
2. Térence, célèbre auteur latin de comédies (IIe siècle av. J.-C.) réputées autant par leur subtilité et leur moralité que pour la pureté et l'élégance de leur langue.
3. Quintilien, maître de rhétorique (Ier siècle de notre ère), auteur de *L'Institution oratoire*.
4. *Apologue* : court récit symbolique qui débouche sur une leçon morale. Tantôt synonyme de fable (comme ici), tantôt frère ennemi (la fable met en avant l'histoire et le récit, l'apologue insiste davantage sur l'enseignement et la morale).

quelque chose de si divin, que plusieurs personnages de l'Antiquité ont attribué la plus grande partie de ces Fables à Socrate, choisissant pour leur servir de père celui des mortels qui avait le plus de communication avec les Dieux. Je ne sais comme ils n'ont point fait descendre du Ciel ces mêmes Fables, et comme ils ne leur ont point assigné un Dieu qui en eût la direction, ainsi qu'à la poésie et à l'éloquence. Ce que je dis n'est pas tout à fait sans fondement, puisque, s'il m'est permis de mêler ce que nous avons de plus sacré[1] parmi les erreurs du Paganisme, nous voyons que la Vérité a parlé aux hommes par Paraboles ; et la Parabole est-elle autre chose que l'Apologue, c'est-à-dire un exemple fabuleux, et qui s'insinue avec d'autant plus de facilité et d'effet qu'il est plus commun et plus familier ? Qui ne nous proposerait à imiter que les maîtres de la Sagesse nous fournirait un sujet d'excuse ; il n'y en a point quand des Abeilles et des Fourmis sont capables de cela même qu'on nous demande.

C'est pour ces raisons que Platon, ayant banni Homère de sa République, y a donné à Ésope une place très honorable. Il souhaite que les enfants sucent ces Fables avec le lait : il recommande aux Nourrices de les leur apprendre : car on ne saurait s'accoutumer de trop bonne heure à la sagesse et à la vertu ; plutôt que d'être réduits à corriger nos habitudes, il faut travailler à les rendre bonnes pendant qu'elles sont encore indifférentes au bien ou au mal. Or quelle méthode y peut contribuer plus utilement que ces Fables ? Dites à un enfant que Crassus[2], allant contre les Parthes, s'engagea dans leur pays sans considérer comment il en sortirait ; que cela le fit périr, lui et son armée, quelque effort qu'il fît pour se retirer. Dites au même enfant que

1. Pour les chrétiens, l'Évangile, où le Christ parle volontiers en paraboles.
2. Crassus, consul romain du temps de César, célèbre pour sa richesse et son orgueil, partit en guerre contre les Parthes en se croyant déjà vainqueur ; mais il fut vaincu et tué (55 av. J.-C.).

le Renard et le Bouc descendirent au fond d'un puits pour y
éteindre leur soif; que le Renard en sortit s'étant servi des
épaules et des cornes de son Camarade comme d'une échelle;
au contraire le Bouc y demeura pour n'avoir pas eu tant de prévoyance, et par conséquent il faut considérer en toute chose la
fin. Je demande lequel de ces deux exemples fera le plus d'impression sur cet enfant. Ne s'arrêtera-t-il pas au dernier comme
plus conforme et moins disproportionné que l'autre à la peti-
tesse de son esprit? Il ne faut pas m'alléguer que les pensées de
l'enfance sont d'elles-mêmes assez enfantines, sans y joindre
encore de nouvelles badineries. Ces badineries ne sont telles
qu'en apparence; car dans le fond elles portent un sens très
solide. Et comme, par la définition du point, de la ligne, de la
surface, et par d'autres principes très familiers, nous parvenons
à des connaissances qui mesurent enfin le ciel et la terre, de
même aussi, par les raisonnements et les conséquences que l'on
peut tirer de ces Fables, on se forme le jugement et les mœurs,
on se rend capable des grandes choses.

Elles ne sont pas seulement morales, elles donnent encore
d'autres connaissances. Les propriétés des Animaux et leurs
divers caractères y sont exprimés; par conséquent les nôtres
aussi, puisque nous sommes l'abrégé de ce qu'il y a de bon et
de mauvais dans les créatures irraisonnables. Quand Prométhée
voulut former l'homme[1], il prit la qualité dominante de chaque
Bête. De ces pièces si différentes il composa notre espèce, il fit
cet ouvrage qu'on appelle le petit monde[2]. Ainsi ces fables sont
un tableau où chacun de nous se trouve dépeint. Ce qu'elles

1. Prométhée, petit-fils du Ciel et de la Terre, forma les premiers
hommes de terre et d'eau, puis les anima grâce au feu qu'il avait dérobé
au Ciel, à la grande colère de Jupiter. Celui-ci, pour le punir, l'attacha sur
le flanc du Caucase, où un vautour lui dévorait le foie.
2. Le *petit monde* (ou microcosme) désigne l'homme conçu comme le
résumé de l'univers (ou macrocosme).

nous représentent confirme les personnes d'âge avancé dans
les connaissances que l'usage leur a données, et apprend aux
enfants ce qu'il faut qu'ils sachent. Comme ces derniers sont
nouveaux venus dans le monde, ils n'en connaissent pas encore
les habitants ; ils ne se connaissent pas eux-mêmes. On ne les
doit laisser dans cette ignorance que le moins qu'on peut : il
leur faut apprendre ce que c'est qu'un Lion, un Renard, ainsi du
reste ; et pourquoi l'on compare quelquefois un homme à ce
Renard ou à ce Lion. C'est à quoi les Fables travaillent : les pre-
mières notions de ces choses proviennent d'elles.

J'ai déjà passé la longueur ordinaire des Préfaces ; cependant
je n'ai pas encore rendu raison de la conduite de mon ouvrage.
L'Apologue est composé de deux parties, dont on peut appeler
l'une le Corps, l'autre l'Âme. Le Corps est la Fable ; l'Âme, la
Moralité. Aristote[1] n'admet dans la fable que les Animaux ; il
en exclut les Hommes et les Plantes. Cette règle est moins de
nécessité que de bienséance, puisque ni Ésope, ni Phèdre, ni
aucun des Fabulistes, ne l'a gardée ; tout au contraire de la
Moralité, dont aucun ne se dispense. Que s'il m'est arrivé de le
faire, ce n'a été que dans les endroits où elle n'a pu entrer avec
grâce, et où il est aisé au lecteur de la suppléer. On ne considère
en France que ce qui plaît. C'est la grande règle, et pour ainsi
dire la seule. Je n'ai donc pas cru que ce fût un crime de passer
par-dessus les anciennes Coutumes, lorsque je ne pouvais les
mettre en usage sans leur faire tort. Du temps d'Ésope la fable
était contée simplement, la moralité séparée, et toujours en
suite. Phèdre est venu, qui ne s'est pas assujetti à cet ordre : il
embellit la Narration, et transporte quelquefois la Moralité de la
fin au commencement. Quand il serait nécessaire de lui trouver
place, je ne manque à ce précepte que pour en observer un qui

1. Le grand philosophe grec (384-322 av. J.-C.), auteur d'une *Poétique*
très lue et respectée au XVIIe siècle.

n'est pas moins important. C'est Horace qui nous le donne. Cet Auteur ne veut pas qu'un Écrivain s'opiniâtre contre l'incapacité de son esprit, ni contre celle de sa matière. Jamais, à ce qu'il prétend, un homme qui veut réussir n'en vient jusque-là : il abandonne les choses dont il voit bien qu'il ne saurait rien faire de bon.

> *Et quæ*
> *Desperat tractata nitescere posse relinquit*[1]

C'est ce que j'ai fait à l'égard de quelques Moralités du succès desquelles je n'ai pas bien espéré […].

Avant d'aborder le livre même des Fables *(qui s'ouvre sur* La Cigale et la Fourmi*), le lecteur trouve une deuxième dédicace, cette fois en vers,* À Monseigneur le Dauphin. *Occasion pour le poète d'offrir son tribut de louanges non seulement au petit prince âgé de sept ans qui est son dédicataire, mais à son royal père, Louis XIV (auquel il est pourtant loin de vouer une admiration sans réserves : il a emprisonné Foucquet, et il aime trop la guerre). Occasion surtout d'exalter la fable pour son utilité, et parce que, tout simplement, la poésie capte toutes les voix du monde. En commençant sa dédicace par la formule :* Je chante les Héros dont Ésope est le Père, *calquée sur la formule initiale de toute épopée qui se respecte depuis l'*Énéide *de Virgile (*Arma virumque cano… *: je chante les combats et le héros…), La Fontaine, certes, s'amuse un peu de la dispropor-*

---

1. Horace, *Épître aux Pisons*, v. 149-150 : « Les incidents qu'il désespère de traiter, il les laisse de côté. » Cette épître du grand poète latin, contemporain de Virgile au temps d'Auguste, était considérée par La Fontaine et ses contemporains, au même titre que la *Poétique* d'Aristote, comme une référence (on la désignait généralement par le titre d'*Art poétique*, titre dont Boileau s'empara, en 1674, pour sa propre œuvre de poétique).

*tion ; mais le vers résonne aussi d'une grave et légitime fierté :
et si les* Fables *dans leur ensemble, comme toute épopée, nous
donnaient l'occasion de porter un regard neuf et émerveillé sur
le monde ? Il est des «mensonges» qui sont porteurs d'une
vérité qu'il nous est indispensable de connaître, si nous avons
l'ambition, comme disait un maître à penser de La Fontaine,
Montaigne, de «faire bien l'homme».*

À MONSEIGNEUR LE DAUPHIN

Je chante les Héros dont Ésope est le Père :
Troupe de qui l'Histoire, encor que mensongère,
Contient des vérités qui servent de leçons.
Tout parle en mon Ouvrage, et même les Poissons :
Ce qu'ils disent s'adresse à tous tant que nous sommes.   5
Je me sers d'Animaux pour instruire les Hommes.
ILLUSTRE REJETON D'UN PRINCE aimé des Cieux,
Sur qui le Monde entier a maintenant les yeux,
Et qui, faisant fléchir les plus superbes Têtes,
Comptera désormais ses jours par ses conquêtes,   10
Quelque autre te dira d'une plus forte voix
Les faits de tes Aïeux et les vertus des Rois.
Je vais t'entretenir de moindres Aventures,
Te tracer en ces vers de légères peintures :
Et si de t'agréer je n'emporte le prix,   15
J'aurai du moins l'honneur de l'avoir entrepris.

*La Fontaine ne s'explique pas seulement dans ses préfaces
ou ses dédicaces ; c'est dans le corps même des* Fables *qu'il fait
ses confidences au lecteur et expose sa conception, exigeante et
exaltante tout à la fois, de la fable et du langage poétique. Ainsi
par exemple dans le prologue — qui est aussi une dédicace :*

*cette fois à un ami, le comte de Brienne — de la première fable
du livre V, qui nous raconte la rencontre d'un pauvre bûcheron
avec le dieu Mercure ; prologue qui contient des formules deve-
nues célèbres par lesquelles La Fontaine exprime sa fierté de
poète créateur.*

LE BÛCHERON ET MERCURE

À M. L. C. D. B.[1]

Votre goût a servi de règle à mon Ouvrage :
J'ai tenté les moyens d'acquérir son suffrage.
Vous voulez qu'on évite un soin trop curieux,
Et des vains ornements l'effort ambitieux.
5   Je le veux comme vous ; cet effort ne peut plaire.
Un Auteur gâte tout quand il veut trop bien faire.
Non qu'il faille bannir certains traits délicats :
Vous les aimez ces traits, et je ne les hais pas.
Quant au principal but qu'Ésope se propose,
10   J'y tombe au moins mal que je puis.
Enfin, si dans ces Vers je ne plais et n'instruis,
Il ne tient pas à moi, c'est toujours quelque chose.
          Comme la force est un point
          Dont je ne me pique point,
15   Je tâche d'y tourner le vice en ridicule,
Ne pouvant l'attaquer avec des bras d'Hercule.
C'est là tout mon talent ; je ne sais s'il suffit.
          Tantôt je peins en un récit
La sotte vanité jointe avecque l'envie,
20   Deux pivots sur qui roule aujourd'hui notre vie.

1. Lire probablement : À Monsieur le Comte de Brienne (1636-1698).

Tel est ce chétif Animal
Qui voulut en grosseur au Bœuf se rendre égal.
J'oppose quelquefois, par une double image,
Le vice à la vertu, la sottise au bon sens,
     Les Agneaux aux Loups ravissants[1],   25
La Mouche à la Fourmi ; faisant de cet ouvrage
Une ample Comédie à cent Actes divers,
     Et dont la Scène est l'Univers.
Hommes, Dieux, Animaux, tout y fait quelque rôle,
Jupiter comme un autre. Introduisons celui   30
Qui porte de sa part aux Belles la parole[2].
Ce n'est pas de cela qu'il s'agit aujourd'hui.

Un Bûcheron perdit son gagne-pain ;
C'est sa Cognée ; et la cherchant en vain,
Ce fut pitié là-dessus de l'entendre.   35
Il n'avait pas des outils à revendre.
Sur celui-ci roulait tout son avoir.
Ne sachant donc où mettre son espoir,
Sa face était de pleurs toute baignée.
« Ô ma Cognée ! ô ma pauvre Cognée !   40
S'écriait-il : Jupiter rends-la-moi ;
Je tiendrai l'être encore un coup de toi. »
Sa plainte fut de l'Olympe entendue.
Mercure vient : « Elle n'est pas perdue,
Lui dit ce Dieu, la connaîtras-tu bien ?   45
Je crois l'avoir près d'ici rencontrée. »
Lors une d'or à l'homme étant montrée,

---

1. Pour : *ravisseurs* ; au xviie siècle, on ne fait pas toujours la différence entre le participe présent (ici, du reste, accordé au nom) et l'adjectif
de qualité.
2. Mercure, messager de Jupiter.

Il répondit : « Je n'y demande rien[1]. »
Une d'argent succède à la première,
50 Il la refuse. Enfin une de bois.
« Voilà, dit-il, la mienne cette fois ;
Je suis content, si j'ai cette dernière.
— Tu les auras, dit le Dieu, toutes trois.
Ta bonne foi sera récompensée.
55 — En ce cas-là je les prendrai », dit-il.
L'Histoire est aussitôt dispersée[2],
Et Boquillons[3] de perdre leur outil,
Et de crier pour se le faire rendre.
Le Roi des Dieux ne sait auquel entendre.
60 Son fils Mercure aux Criards vient encor :
À chacun d'eux il en montre une d'or.
Chacun eût cru passer pour une Bête
De ne pas dire aussitôt la voilà.
Mercure, au lieu de donner celle-là,
65 Leur en décharge un grand coup sur la tête.

Ne point mentir, être content du sien,
C'est le plus sûr : cependant on s'occupe
À dire faux pour attraper du bien :
Que sert cela ? Jupiter n'est pas dupe[4].

*Au début du livre VIII (un livre qui fait partie du « deuxième
recueil » publié en 1678-1679), le lecteur rencontre un poème
qui, plus qu'une fable, constitue une réflexion fascinante,
comme son titre même l'indique, sur* Le Pouvoir des fables

1. *Je n'y demande* : *y* désigne ce à quoi le bûcheron peut prétendre.
Terme en usage dans les cours de justice.
2. Répandue, ébruitée.
3. *Boquillons* : ou bosquillons (cf. bosquet) : les bûcherons.
4. Sources : Ésope et Rabelais (prologue du *Quart Livre*).

(VIII, IV). Poème apparemment disparate : une épître dédica-toire adressée par La Fontaine à un ami, M. de Barillon (qui n'est autre que l'ambassadeur en titre du roi de France auprès du roi d'Angleterre Charles II), introduit un récit mettant en scène un orateur athénien (auquel La Fontaine a prêté les traits prestigieux de Démosthène), qui lui-même recourt à un embryon d'apologue pour forcer l'attention d'un public dis-sipé, lequel récit débouche sur un discours où le narrateur tire sa propre leçon du récit qui vient de s'achever et exalte explici-tement le pouvoir des fables. En fait, le propos, sous des atours différents, est le même d'un bout à l'autre : se plaisant, dans la dédicace, à souligner l'apparente distance qui sépare la gravité d'un ambassadeur préoccupé de prévenir les conflits entre deux nations, et la futilité d'un fabuliste attaché à raconter «les débats du lapin et de la belette» (v. 7-8), le poète fait ensuite l'éloge de la manière d'un diplomate, qu'il connaît bien, qui, «avec [son] esprit plein de souplesse» (v. 21), réussit à «adou-cir les cœurs» (v. 23) en se gardant de les «forcer». N'est-ce pas décrire une manière, dont le poète n'attend pas moins que le rétablissement de la paix en Europe, qui sera aussi celle dont l'orateur du récit qui suit finira par éprouver l'efficacité après avoir essayé sans succès d'autres manières de s'imposer à son auditoire ? Or cette manière, c'est celle de l'auteur d'apo-logues, et, plus généralement, celle du poète qui séduit en s'em-parant de l'imagination et des sens de son lecteur, et réussit de surcroît à le convaincre. C'est ce qui ressort, en tout cas, du discours conclusif du poème, monument élevé à la gloire de la fable, non pas la plate leçon de morale enrobée dans un récit puéril telle que l'a léguée la tradition et que dénoncent les contempteurs de la fable (voir par exemple le procès intenté par J.-J. Rousseau dans l'Émile), mais la fable telle que La Fon-taine l'a conçue et la pratique, «charme» agissant au plus pro-fond de notre humanité intérieure.

LE POUVOIR DES FABLES

À M. de Barrillon[1]

     La qualité d'Ambassadeur
Peut-elle s'abaisser à des contes vulgaires ?
Vous puis-je offrir mes vers et leurs grâces légères ?
S'ils osent quelquefois prendre un air de grandeur,
5   Seront-ils point traités par vous de téméraires ?
       Vous avez bien d'autres affaires
       À démêler que les débats
       Du Lapin et de la Belette :
       Lisez-les, ne les lisez pas ;
10   Mais empêchez qu'on ne nous mette
       Toute l'Europe sur les bras.
       Que de mille endroits de la terre
       Il nous vienne des ennemis,
       J'y consens ; mais que l'Angleterre
15 Veuille que nos deux Rois[2] se lassent d'être amis,
     J'ai peiné à digérer la chose.
N'est-il point encor temps que Louis se repose ?
Quel autre Hercule enfin ne se trouverait las
De combattre cette Hydre ? et faut-il qu'elle oppose
20 Une nouvelle tête aux efforts de son bras ?
       Si votre esprit plein de souplesse,
       Par éloquence, et par adresse,
Peut adoucir les cœurs, et détourner ce coup,
Je vous sacrifierai cent moutons ; c'est beaucoup

---

1. Paul de Barillon d'Amoncourt, ami de La Fontaine, avait présenté ses lettres de créance au roi d'Angleterre Charles II le 1ᵉʳ septembre 1677.
2. Louis XIV et Charles II, qui, du reste, étaient cousins.

Pour un habitant du Parnasse.   25
Cependant faites-moi la grâce
De prendre en don ce peu d'encens.
Prenez en gré mes vœux ardents,
Et le récit en vers qu'ici je vous dédie.
Son sujet vous convient ; je n'en dirai pas plus :   30
Sur les Éloges que l'envie
Doit avouer qui vous sont dus,
Vous ne voulez pas qu'on appuie.

Dans Athène[1] autrefois peuple vain et léger,
Un Orateur voyant sa patrie en danger,   35
Courut à la Tribune ; et d'un art tyrannique,
Voulant forcer les cœurs dans une république,
Il parla fortement sur le commun salut.
On ne l'écoutait pas : l'Orateur recourut
À ces figures violentes,   40
Qui savent exciter les âmes les plus lentes.
Il fit parler les morts[2], tonna, dit ce qu'il put.
Le vent emporta tout ; personne ne s'émut.
L'animal aux têtes frivoles,
Étant fait à ces traits, ne daignait l'écouter.   45
Tous regardaient ailleurs : il en vit s'arrêter
À des combats d'enfants, et point à ses paroles.
Que fit le harangueur[3] ? Il prit un autre tour.
« Cérès[4], commença-t-il, faisait voyage un jour
Avec l'Anguille et l'Hirondelle.   50
Un fleuve les arrête ; et l'Anguille en nageant,

1. Par licence poétique Athènes pouvait s'écrire sans le *s* final.
2. C'est une figure bien connue de rhétorique : la prosopopée qui
consiste à inventer le discours qu'auraient tenu des personnes absentes.
3. Orateur.
4. Déesse des moissons.

Comme l'Hirondelle en volant,
Le traversa bientôt. » L'assemblée à l'instant
Cria tout d'une voix : «Et Cérès, que fit-elle ?
55   — Ce qu'elle fit ? un prompt courroux
L'anima d'abord contre vous.
Quoi, de contes d'enfants son peuple s'embarrasse !
          Et du péril qui le menace
Lui seul entre les Grecs il néglige l'effet !
60   Que ne demandez-vous ce que Philippe[1] fait ? »
          À ce reproche l'assemblée,
          Par l'Apologue réveillée,
          Se donne entière à l'Orateur :
          Un trait de Fable en eut l'honneur.
65   Nous sommes tous d'Athène en ce point ; et moi-même
Au moment que je fais cette moralité,
          Si Peau d'âne m'était conté[2],
          J'y prendrais un plaisir extrême ;
Le monde est vieux, dit-on ; je le crois, cependant
70   Il le faut amuser encor comme un enfant[3].

*En 1679, ce que nous appelons aujourd'hui le «deuxième
recueil» des* Fables *se terminait par un* Épilogue. *La Fontaine s'y
souvient sans doute de Virgile qui terminait ses* Géorgiques *par
quelques vers célébrant les victoires de «César» en Orient. Il
ne pouvait, d'ailleurs, déroger à l'usage, dans la France de
Louis XIV, de célébrer les exploits guerriers d'un roi qui était
en train de terminer, et plutôt à son profit, la guerre engagée*

1. Philippe de Macédoine, qui menaçait les cités grecques au temps de
Démosthène (IVe siècle av. J.-C.).
2. Conte de nourrice traditionnel, dont Charles Perrault va bientôt
s'emparer.
3. Source : Abstemius. Mais La Fontaine a beaucoup transformé son
modèle.

cinq ans plus tôt contre la Hollande *(et dont on trouve plusieurs fois des échos dans les fables du second recueil). Mais l'éloge de Louis XIV n'occupe guère, après tout, que les six derniers vers d'un poème qui en compte vingt-trois. Le poète va même jusqu'à laisser ostensiblement à d'autres le soin de vanter les victoires du roi tandis qu'il se cantonne obstinément dans le domaine de sa «Muse innocente», celle qui, à l'écoute de toutes les voix du monde, compose, discrètement et solitairement, sa moderne épopée. Ajoutons que le paysage typiquement lafontainien, sur lequel s'ouvre cet* Épilogue *(à comparer, par exemple, avec celui de la fable du* Héron, VII, IV, *ou celui du* Songe d'un Habitant du Mogol, XI, IV), *symbolise avant tout un idéal de vie, une vie où l'on peut, en toute lucidité, disposer librement de soi-même, loin des sollicitations perverses et des vaines ambitions.*

ÉPILOGUE

C'est ainsi que ma Muse, au bords d'une onde pure,
    Traduisait en langue des Dieux[1]
    Tout ce que disent sous les Cieux
Tant d'êtres empruntant la voix de la nature.
    Truchement de peuples divers   5
Je les faisais servir d'Acteurs en mon ouvrage ;
    Car tout parle dans l'Univers ;
    Il n'est rien qui n'ait son langage.
Plus éloquents chez eux qu'ils ne sont dans mes Vers,
Si ceux que j'introduis me trouvent peu fidèle,   10

---

1. La *langue des dieux*, c'est la poésie, l'expression en vers. Cf. le titre choisi par La Fontaine pour ses successifs recueils : *Fables choisies mises en vers.*

Si mon œuvre n'est pas un assez bon modèle,
    J'ai du moins ouvert le chemin :
D'autres pourront y mettre une dernière main.
Favoris des neuf Sœurs[1] achevez l'entreprise :
Donnez mainte leçon que j'ai sans doute omise :
Sous ces inventions il faut l'envelopper :
Mais vous n'avez que trop de quoi vous occuper :
Pendant le doux emploi de ma Muse innocente,
Louis dompte l'Europe, et d'une main puissante
    Il conduit à leur fin les plus nobles projets
        Qu'ait jamais formés un Monarque.
Favoris des neuf Sœurs, ce sont là des sujets
        Vainqueurs du temps et de la Parque.

---

1. Les poètes, protégés par les neuf Muses.

ÉLÉMENTS DE BIBLIOGRAPHIE

ÉDITIONS

a) Œuvres complètes :

Bibliothèque de la Pléiade (Gallimard) :
Fables, Contes et nouvelles, éd. Jean-Pierre COLLINET, 1991.
Œuvres diverses, éd. Pierre CLARAC, 1958.

b) Éditions séparées des *Fables* :

Jean-Pierre COLLINET, éd., Gallimard, Folio classique, 1991.
Marc FUMAROLI, éd., Le Livre de Poche, La Pochothèque,
    1995.

LITTÉRATURE CRITIQUE

a) Sur La Fontaine et son œuvre en général :

Jean-Pierre COLLINET, *Le Monde littéraire de la Fontaine*,
    PUF, 1970 (Slatkine, 1989).
Robert BARED, *La Fontaine*, Seuil, « Écrivains de toujours »,
    1995.
Patrick DANDREY, *La Fontaine ou les métamorphoses d'Or-
    phée*, Gallimard, coll. « Découvertes », 1995.

Marc FUMAROLI, *Le Poète et le Roi. Jean de La Fontaine en son siècle*, De Fallois, 1997.

b) Sur les *Fables* :

Patrick DANDREY, *La Fabrique des fables. Essai sur la poétique de La Fontaine*, Klincksieck, 1991.

J. GRIMM, *Le Pouvoir des fables. Études lafontainiennes I*, Tübingen, Biblio 17, vol. 75, 1994.

Études lafontainiennes II, Tübingen, Biblio 17, vol. 93, 1996.

Nous renvoyons aux éditions scientifiques récentes de La Fontaine (Jean-Pierre COLLINET, Marc FUMAROLI) pour une information plus complète. D'autre part, la « revue des Amis de Jean de La Fontaine », *Le Fablier* (numéro annuel depuis 1989), enregistre, de manière régulière et exhaustive, les publications de l'année sur La Fontaine.

INDEX DES TITRES

DU MÊME AUTEUR

Dans la même collection

CONTES ET NOUVELLES EN VERS. *Édition présentée et établie par Alain-Marie Bassy.*

FABLES. *Édition présentée et établie par Jean-Pierre Collinet.*

DANS LA COLLECTION
FOLIO CLASSIQUE

ANONYME. *Fabliaux.* Édition présentée et établie par Gilbert Rouger.

ANONYME. *Le Roman de Renart.* Préface de Béatrix Beck. Édition établie par Paulin Paris.

ANONYME. *Tristan et Iseut.* Préface de Denis de Rougemont. Édition établie par André Mary.

BALZAC. *Eugénie Grandet.* Édition présentée et établie par Samuel S. de Sacy.

BALZAC. *Le Père Goriot.* Préface de Félicien Marceau.

BAUDELAIRE. *Les Fleurs du Mal.* Édition présentée et établie par Claude Pichois.

CORNEILLE. *Le Cid.* Édition présentée et établie par Jean Serroy.

DAUDET. *Lettres de mon moulin.* Édition présentée et établie par Daniel Bergez.

FLAUBERT. *Trois Contes.* Préface de Michel Tournier. Édition établie par Samuel S. de Sacy.

HOMÈRE. *Odyssée.* Édition présentée par Philippe Brunet. Traduction de Victor Bérard.

HUGO. *Les Misérables,* I et II. Édition présentée et établie par Yves Gohin.

LA FONTAINE. *Fables choisies.* Édition présentée par Jean-Pierre Chauveau. Texte établi par Jean-Pierre Collinet.

MAUPASSANT. *Bel-Ami.* Édition présentée et établie par Jean-Louis Bory.

MAUPASSANT. *Contes de la Bécasse.* Préface d'Hubert Juin.

Composition Interligne.
Impression Société Nouvelle Firmin-Didot
à Mesnil-sur-l'Estrée le 23 avril 1999.
Dépôt légal : avril 1999.
Numéro d'imprimeur : 46863.

ISBN 2-07-040914-7//Imprimé en France.

90282